Ning Publication

蕪詞集

Grateful beings

感謝蔣宋美齡夫人的華興歲月

林建業——著

出版序

感恩的歲月

陳念萱

一九六八年（民國五十七年）我十歲失怙，在時任訓導主任的林建業校長幫助之下，上書蔣宋美齡夫人特批，得以順利進入華興育幼院就讀，如今半世紀過去，高齡九十多歲的林校長仍對我在華興的八年歲月如數家珍，而做為華興的長期教職員，林校長對夫人的感念之情，歷歷在目，無絲毫減弱，退休時，將退休金捐贈為華興院童助學金，頻頻認為是九牛一毛之舉，未敢居功，這是上世紀教師的風範，做為受惠的學生，我實感汗顏。

我們在華興受教，不僅僅是學業上的收獲，生活教育，更是師長們秉承蔣夫人的堅持，才讓孩子們無論是否學業有成，至少生活上得以自理，且又在各種藝術活動與各項運動上，有機會得沐甘霖。五育並重，蔣夫人才是真正的教育家，難怪當年的教職員，始終熱愛這位長期付出的大老闆。

長期隱居在紐約卻始終關注華興院童的蔣夫人，終於在九十八歲誕辰那年，允許校友們去紐約公寓一起祝壽慶生，表達些微感謝，雖然她老人家並非需要這微薄的表示，而是想念院童如家人。自此，我們年年拜會，直到最後一次的追思禮拜。能夠以校友身份，去探望夫人，當然要感謝林校長的協助與疼愛，數十年不變的勤懇，實非我輩晚生能及。夫人對院童憐惜與教育細節的關注，林校長能逐一細數，且多少年都熱情如故，如沐春風，我們對夫人的理解，有九成來自林校長。

校長九十二歲了，已成家族中最年長之人，被要求書寫往年歲月，以供後人緬懷，竟忐忑地詢問於我，做為學生，怎敢對校長文字有意見？重要的是難得一份人間情啊！

忝為此序，實在是因為校長太客氣，學生必須硬著頭皮表示感謝於萬一。對於校長的感恩，實不少於實際施恩於我們的夫人。謝謝校長與華興的師長們，有你們，我們真真萬幸。

1995年夫人97歲誕辰。辜嚴卓雲女士與孔大小姐陪伴在側，兩位前後任校長在後。後排左二：林建業校長。左一：陳念萱。

弁言

二〇〇四年我學會電腦打字，閑來無事隨打隨寫寫了《憶往道今》小冊子送給親友兒女，當時我已將八十，時光荏苒轉眼又過十三個年頭了。二〇一〇年是祖父、繼祖母、母親逝世五十周年我與內人專程回鄉祭悼，距今也已八年。

此次董斌學兄公子曉華世侄發起要為鄉賢董仲儒烈士及胞兄建華立碑紀念，獲得泰順縣人民政府的支持與協助。奇品弟將這一消息告訴我，我真是高興，心想如果揭幕我應該回去參加才對。奇品弟囑咐我現在家鄉甚麼都有，不必帶甚麼。若帶幾本《憶往道今》、《蔣夫人與華興》、妻的畫冊之類分贈親友是最好的禮物云云。

《憶往道今》當時只印五十本早已送完、《蔣夫人與華興》書店印四千本也已賣光，國史館出版的《蔣夫人宋美齡女士行誼口述訪談錄》也已經絕版。既然如此，我只好將過去有關的一些文字匯集在一起冠以《蕪詞集》三字，那是雜文沒有甚麼整體性，不成體統。如受批評，我個人無所謂，萬一影響蔣夫人，甚至華興，豈不弄巧成拙？於是就教華興早期畢業生陳念萱、亓樂義，不意念萱卻鼓勵我要輯印成冊，怎麼敢當！既然如此，所謂敝帚自珍，九十二的人若能留下一點點痕跡，想想也是好事，只是會不會貽笑大方！？就請諸位高抬貴手，不吝指教了！感謝！感謝！

目錄

CONTENTS

第一篇

蔣夫人與華興

01

第一章

夫人百壽

本文刊於《一九七七臺北溫州同鄉會會刊》

蔣夫人百齡華誕臺北華興中小學師生紐約祝壽記

本文作者林建業先生，原籍浙江省溫州市泰順縣。畢業於國立臺灣師範大學教育系，曾任教臺北華興學校（含中、小學）多年，今已退休，應溫州同鄉會之聘，任教育委員會委員。今年春季，蔣夫人在紐約，度其百齡華誕，林先生率領臺北華興學校師生祝壽團，前去祝壽，猗歟盛哉！回來後應本刊編者之請，惠以此文，敬表謝意。編者

浙江月刊三三八期封面是一幅蔣夫人百歲生日切蛋糕的照片，使我想起三月間在紐約參加此一盛會的情景。客歲浙江月刊、溫州會刊曾先後登載炘公理事長（胡

炘，溫州人曾任蔣總統侍衛長）伉儷專程赴美慶賀夫人華誕鴻文，詳記祝壽盛況與夫人健康情形，相信關心夫人的鄉長們，必已有深刻印象，本來既有胡文發表，實無需我來枉費紙張，然夫人溫良恭儉，正是一幅「慈愛者的畫像」，我以一個親炙祥和的人，似有加以一敘的必要，因而不揣淺陋，追憶去年今年兩次慶生盛會。惟所記者為她接見「華興」師生片段。

首先我介紹華興慶祝蔣夫人華誕及去年組團赴美祝壽的緣由。華興係指臺北華興育幼院、華興中學而言。二者同為夫人所創辦的慈善教育事業。她並親任董事長，至今仍然。

蔣夫人生日為陰曆二月十二日，每逢此日，華興院校總在生日之前於課餘舉辦若干多采多姿之藝文體育活動，藉以敬表祝壽之忱。學校距前士林官邸雖近在咫尺，然師生卻從未到過夫人面前拜壽。大約六年前報載國民革命軍遺族學校（民國十七年成立，三十九年停辦）學生聚集紐約為夫人祝壽的消息，華興校友以身受夫人栽培養育、恩同再造。躍躍欲試，總有起而跟進之意，但苦無機緣。

民國八十四年夏，全臺中正杯青少棒、青棒錦標賽相繼舉行，這一比賽亦為國家代表隊之選拔賽。華興兩支球隊分獲冠亞軍，照規定八月間前往美國佛羅里達州基西米及加拿大多倫多，參加世界大賽。此一消息上報董事長之後，不數日黃雄盛先生（孔大小姐令儀夫婿）電話說：「夫人聽到這個消息，非常高興，要你替她向教練球員道賀。八月間來美加，若獲冠軍，可順道到紐約看她。」華興球隊曾三次在美國、南美洲獲得冠軍，有幸特別到紐約見夫人致敬，但也幾次得了冠軍，並未前往致敬。這次她既有指示，如有理想成績，則非去不可。

這一訊息對球隊自有激勵作用，但也增加了心理壓力。校中一面加強訓練，一面積極準備相關事宜，以備一旦獲勝，順利達成謁見願望。領隊一職分有我及訓導主任任之，大家滿懷希望與信心，以期一帆風順，馬到成功。或許因為背負壓力太大之故，參加LLB世界少棒聯盟（即自今年起我國暫停與賽之聯盟）的青少棒隊，衛冕失敗；參加IBA國際棒球總會（即最近在臺北舉行之IBM青少棒國際賽之聯盟）的青棒隊，打敗強敵韓國、古巴之後，卻敗給另一強敵美國隊，獲得亞軍。此一成績雖非易事，卻使那二者無緣赴紐約。在電話中我請大小姐代我向夫人致歉，同時將校友渴望組團赴美祝壽事告訴她。我說：「明年元月我退休後，我負責帶隊，請你務必從旁促成。」我的語氣懇切而堅定，她稍作思索之後說：「你回去再寫信向夫人報告。」

夫人果然同意了。校友聞訊，喜出望外，經與有關方面洽商，為顧慮夫人高齡，恐其體力負擔太重，應儘量避免給予不便，又因其客廳容量有限，遺族學校限於十來人而已，依據這些要點我們著手籌備：日期選定陰曆二月初九，人員經報名共三十五人，因老人家重聽，為便於談話，將之分為六組，每人備一份介紹條，上列姓名年籍，當年入學身份。如：義胞子女、國軍遺族……：何時畢業、現況，教職員則書明何時到職，擔任課程，何時退休離職，用黑色粗字書寫，以便她翻閱。

二月初九日是國曆三月二十七日，下午一時許慶賀團一行從旅館乘大巴士往曼哈頓八十四街夫人寓所進發，一下車颼颼寒風撲面而來，車前不遠處站立一位身穿大衣男士體態形貌，酷似周聯華牧師，正詫異問，他卻先同我們打起招呼。我驚訝的問：「周牧師你怎麼在這裡？」他笑著說：「我特地從臺北趕來陪你們啊！」周牧師一向幽默風趣，因他的出現原有一股帶著些許緊張不安的心情，頓時平靜下來，大夥在公園邊稍作整理，越過馬路，走進大樓通道。進了玄關，工作人員按名冊點名分組進入電梯直上九樓，老舊電梯將六組人員運畢，花去不少時間，客廳已是人滿為患，大家沿著沙發、花盆，小方桌、椅的空隙，圍成一大半圓。剛站好腳跟，正舉目流覽室內典雅潔淨的佈置陳設，此時聽到門外有了動靜，只見樓梯高處夫人正由護理人員挽著緩步下樓。

所有目光集中在門外，靜悄悄地等待夫人的出現，那份喜悅、期待交織在每個人的心裡。早期畢業校友已三十多年沒有見過她了，當年的她三兩天就要到學校來，巡視各處、探望孩子，關心他們的學業、生活、健康，所以他們對她是十分熟悉的。她的身影神情，言談笑貌，舉手投足……深深烙在他們內心深處，數十年來次復一次反復一幕幕的掠過腦海。歲月的流逝，當年的孩童、青少年，如今都已是不惑之年乃至五十好幾了。這份深厚感情·是推動著他們要來的原因，所以他們此刻不僅喜悅與期待，且含蘊著些許激動。

下了樓她不要人挽，拄著手杖，堅毅地一步一步走向門來，大小姐（孔祥熙長女）緊隨在後，熱烈掌聲響起了，「夫人好！」「夫人好！」此起彼落，她老人家對這親切的招呼聲音，一定非常熟悉，她微笑點頭。從她表情可以體會出她十分高興。她那華貴的氣質、卓越的形象，一如往昔，似乎沒有改變，只是行動舉止遲緩了。她慈祥的目光看著大家，揮揮手，然後說：「你們好！」「好！謝謝夫人！」

很多人這麼回答她，她走向客廳正中間壁爐前的沙發前停下腳步說：「我先給你們介紹，你們認得嗎？她是緯國太太！」繼之介紹大小姐，秦董事舜英（陳勉修先生夫人，陳勉修為陳誠之弟），指著周牧師說：「這位不用介紹，你們一定認得的。」

夫人坐定，我們一層層排列在她面前，恭敬地行三鞠躬禮。這是華興師生第一次到她面前拜壽，可喜可賀。校友們渴望多時的願望，終於實現，每個人心中都有一種踏實感。接著獻花，獻壽禮，唱祝壽歌，華興校歌。然後按預定計畫分組與夫人見面，她的兩側各有沙發，可坐六人，其他各組分散一旁小方桌及隔壁大方桌進用茶點水果。

第一組是教職員與她閒話家常，合照之後退出。第二組以後全是校友，依介紹條逐一到她面前，自報姓名，行禮、請安，然後依序退回座位。「夫人，我是以前在校常演紹興戲的沈春香，你記得嗎？」夫人若有所悟：「哦！」拉著沈生雙手，仔細端詳，問她現況。華興早年重要節日常演紹興戲，夫人曾拉著老總統一起欣賞。一連幾位都是女生晉見夫人。

「夫人我是軍樂隊指揮梁宏襄！」「記得！記得！」她開心的笑著，梁生小時是個小帥哥，穿上樂隊服裝，指起揮來，十分神氣，討人喜歡。早年夫人常陪外賓參觀華興，迎來送往，她與樂隊接觸的機會，遠較一般學生為多。就在與梁生交談時，她忽然想起過去，她到教室，或是集合場，或是餐廳，邊走邊與學生談話，摸摸學生們的頭的往事，她說：「以前我常摸你們頭，過來再讓我摸摸！」一陣歡笑，齊聲回應：「好！好！」霎那間，一陣陣和煦溫馨，慈愛歡愉充塞整個客廳，先前嚴肅的局面一掃而空，一個接著一個，到她跟前低下頭來，一一讓她雙手輕輕摸過，笑聲、感謝聲夾雜著，快樂融融蕩漾在與會者的心頭。呀！有人抗議了，「夫人，剛才我們幾個女生都沒摸，我們也要！」又是一陣哈哈大笑！她是公平的：「好！好！補你們！」沈春香為首的幾位一一過去。她說：「我秉持耶穌基督愛心，創辦華興，我愛你們，希望你們也能愛別人。」大家靜靜聽著：「是！我們會的！」她邊說，邊問，邊摸頭，邊拉手，彼此笑著，有的女生壯起膽上前擁抱她，親親她──這些小動作她們小的時候是絕對不敢的。她端詳這些老孩子每一張臉，彷彿沉浸在三四十年前在集合場前問到：「你們想不想吃糖呢？」整齊劃一的回答：「想！」……點點滴滴的往事裡！於是她說：「今天我好快活！只是客廳太小了！」腦筋動得快的人說：「不！不小！這樣才親熱！」確也如此，若是在大禮堂，恐怕就沒有這種氣氛了。老太太就像關照小孫輩一樣叮嚀著：「你們多吃點點心」。「有！都吃了！謝謝夫人！」她不放心再囑咐：「你們要常為我們的國家禱告，為全中國同胞禱告，凡事交給主耶穌，他會聽我們禱告的。」

說著說著，她要周牧師領大家唱聖詩，華興不是教會學校，但每周有一兩個小時宗教活動，唱詩歌他們是拿手的。悠揚聖潔的琴聲，歌聲婉轉繞梁，她偶爾微微頷首，偶爾沉思，一首一首地唱著，時間也一分一秒的過去，護士捧著一塊長方形牌子，輕輕上前走到她身旁展示在她面前，她似乎沒有理會，她繼續與我們唱著、談著、笑著，又過一會兒，護士再度送上牌子，宋亨霖顧問笑著說：「夫人今天精神特別好，和你們聊得如此開心，現在是四點十分了，她應該休息了。」

大家起身圍在夫人周圍：「夫人，我們敬愛您，請您保重！我們明年再來給夫人拜壽，我們明年見！」她站起來拉著站在她身邊的學生的手說：「我今天好快活！謝謝你們！再見！」「再見！」互道再見聲中結束原定會面時間四十五分鐘，實際是一時又十五分鐘。這是一次非常貼心，非常愉悅，流露真情的祝壽茶會。這不是一般應酬，沒半點無奈和勉強，與會者一輩子都將牢記在心。

今年欣逢夫人一百歲嵩壽，要求參加的校友特別多，但紐約給我們的名額只有三十人，因天天都需會見賀客，時間也縮減為三十分鐘。因此除了少數幹部外，凡去年參加者今年則不參加。但怎麼減都減不了，原因之一是夫人一百歲，華興在校師生不能不派人去，茅校長去年到職之前夫人沒有見過她，她趁著夫人華誕與多位董事一起去見夫人並祝壽，嚴格來說並非特意去祝壽的。今年理應由她率團前往才對，除退休教職員、校友之外，也因有在校、在學教職員學生。初估五十餘人，與之規定相去甚遠，我們要求不必備座，也不必備茶點，則可以多容納一些人，卻未被接受。討價還價，最後確定四十一人，分成四組，以縮短時間。

團員中學生身分有二人：一為小學三年級女生，一為高三男生，顯然夫人的注意力集中在他倆身上較多。只是小女生對蔣夫人一口上海口音的普通話，幾乎完全不懂，須旁人轉述。當夫人抱她親她，問完姓名年級之後，夫人說：「你可不可以親親我呢！」楊生羞答答的紅著臉好難為情似的樣子，也引起一陣大笑。輪到男生卻大大方方的親親夫人，他們倆不僅獲得夫人致贈的糖果，也獲得一個紅包。好幾位早期畢業女生見夫人時竟說不出一句話，且激動得哽咽著，反而是夫人稱讚她們髮型美觀，服飾顏色高雅等等，才安定她們的情緒。

她時而英語，時而上海話與與會者交談著，她幽默的話題時時引起陣陣大笑，一如去年多次向大家說：「我今天好快活！」也一如去年原定茶會時間卻超過一倍三十分鐘，難怪大小姐伉儷表示：「夫人跟你們在一起格外興奮，開心。」臨別每人獲贈夫人畫冊一本，至感珍貴。黃先生特將我與茅校長留下交咐延後返臺，參加十九、二十（即二月十一，十二）兩天之祝壽活動。這兩天的活動就如理事長文章所述，據悉已成模式，不再贅述。惟今年賀客較多。值得一提的是二十日午宴，第一位向夫人祝賀者為陳資政立夫先生，次由周聯華牧師主持之感恩禮拜，當晚大小姐伉儷在萬壽宮餐廳設宴款待所有前來祝壽賓客，席開五桌，國民黨俞（俞國華曾任行政院長）副主席、沈資政昌煥（沈昌煥曾任外交部長）與黨政要員為主桌，主位大小姐，郝前院長（郝柏村曾任行政院長）、秦院長孝儀（時任故宮博物院院長）等為第二桌，主位黃雄盛先生，婦聯會秘書長及諸常委第三桌，主位緯國夫人，振興華興士林官邸及宋子文先生女婿、媳婦等第四桌，主位宋瓊怡女士（宋子文先生女兒），宋、孔兩府下一代家族第五桌。每桌十二人，座無虛席。

個人有機會參加夫人百歲榮慶，深感榮幸，夫人德業早為國人所熟知，毋待贅言。她的身體健康實非常人可比，如連日一場接一場之賀客拜會、宴會，動輒數小時。一位年屆百齡老者，能應付自如，寧非奇蹟？華興校友學生兩次慶賀帶給她安慰與快樂，也是始料所未及。從大小姐伉儷之建議：「以後人多，可分批，不一定趕在夫人生日之時看她」。大家聽了無比興奮，夫人養育他們，培植他們，他們能做些許回報，不僅應該，更是無上光榮。

02

第二章

春風化雨

本文刊於《蔣夫人宋美齡女士與近代中國國際學術討論集》

此次「財團法人中正文教基金會」舉辦「蔣夫人宋美齡女士與近代中國國際學術討論會」，盛極一時，中外學者專家提出論文就有二十一篇之多。從各個不同領域與角度，探討蔣夫人自幼年求學以來，數十年間，對家庭、對社會、對國家，所做出的巨大貢獻，世人將可更深一層認識她。

本文標示「華興」係指華興育幼院、華興中學，這兩所慈善教育機構，是蔣夫人在臺灣許多公益事業中，最重要的部分。可惜這次討論會中沒有專文研究華興，就是相關論文中，著墨華興的也不多，實為美中不足，深感遺憾。

本人服務華興多年，雖已退休多時，然既受邀參加盛會，自不能緘默，故不揣淺陋，補充一點意見，特以「華興的成立與成長」為題，略加敘述蔣夫人與華興學生之間的互動種種，不才於《近代中國》第一一八期，六十四頁至六十七頁及一三〇期四十三頁至四十四頁，已有梗概敘述，恕不另贅。為彌補缺失，深盼史學界接踵餘緒，以華興為題，發掘蔣夫人育幼事業的光輝。就個人所知，那是一塊待琢的玉石，裡面蘊藏著許多感人的故事，應該將她數十年的心血，留下珍貴的紀錄，這是社會的資產，學界豈能袖手？

一、華興是因應時代的需要而成立

民國四十年代初，大陸淪陷不久，浙江福建沿海，仍有許多島嶼在我國軍手中，這對中共而言，自然是很大的威脅，民國四十四年一月，共軍大舉進攻一江山島，守軍七百二十人不幸全部壯烈犧牲，未幾大陳島上下數萬軍民撤運來臺，嗷嗷待哺的遺孤，義胞子女之養育、教育頓成話題，蔣夫人本著以前創辦國民革命軍遺族學校，和戰時兒童保育院的仁愛情懷，自是她再度伸出援手的機會。倉促之間兩三百位兒童的安置，既無院舍，也無校舍，於是臨時借用台糖公司大理街一所幼稚園和隔鄰龍山國校的五間教室，安頓這些因戰爭失去父親，因戰爭失去家園而離鄉背井的難童孤兒。

二、名稱更易

成立之初院的全名為「中華婦女反共抗俄聯合會光華育兒院」，未幾更名為「華興育兒院」，又未幾再更名為「華興育幼院」，但上仍冠中華婦女反共抗俄聯合會，大約民國五十二、三年間，更改為「私立華興育幼院」。

三、組織編制與規模擴大

籌備之初即組有董事會，蔣夫人親任董事長，並延攬相關部會首長及婦女界領袖為董事。院之編制按政府規定分為四組：總務、教保、社會、衛生。初創期間，蔣夫人關懷學校院務之運作，學生課業、生活和健康，真是出乎常情，幾乎日日或隔日就到院巡視，或陪同一批批的外賓，參觀訪問，可謂不絕於途。

當年依法不論公私立育幼院既辦養育，也要辦教育。於是之故，教保組隸屬於幼稚園及小學，並負養育，事務之繁雜不難概見。於是未幾教保分為：保育、教導兩組及幼稚園等三個單位，以應事實之需要。

民國四十五年夏天，第一屆小學畢業生之升學問題分別由各董事認養，得以順利升學至臺北附近的初中初職。同年十月遷往士林仰德大道（原名芝山路）現址，新完工且完善設施的院校舍，結束一年九個月的寄人籬下生活。

四十七年夏天，小學第二屆畢業生三十七人，除二人外，餘皆獲保送（操行、學業均在八十分以上者）及考取剛剛成立的私立華興中學初中部。華興師生從此有了自己的新家，並且有了自己的中學，一股喜悅驅動著全體師生的原動力，從不同崗位上奮發圖強，那是華興顛峰時期的開始。接著為謀學生未來的人生道路，適應部分學生的性向、志趣以及社會趨勢，在中小學裡分別設有：汽車修護、木工、電工、製鞋（皮鞋）刺繡，編織地毯……等職業訓練課程。這些科目今天看起來，沒有什麼新奇之處，但是當年國民義務教育還沒有延長，小、中學畢業生一旦畢業，如何謀生則必須未雨綢繆。民國五十八年秋，本校增辦高中部，同年並收容了名噪一時的臺中金龍少棒隊。

四、教養對象的變異

華興之成立是適應社會的需要，因此在收容教養的條件，也因時代的不同而有所變異。最初收容國軍烈士遺孤和義胞子女，至民國五十年前後，政府派赴大陸(時稱敵後)人員之子女，及前線官兵，子女五人以上時收容一、二人。當時我們國家的社會、經濟發展仍在萌芽，國民生活還很清苦，所以申請入院案件數以千計，院中依其類別分為ABCD四類：只問資格，不問成績。

A案：父母雙亡，只要有缺額全數照收。

B案：父亡母存兒女多，母親未再婚者酌收一、二人，以減輕負擔。

C案：父存母亡若在前線確無人照料者收容之。

D案：雙親健在，但如在敵後或在前線擔任重要職務者，收容之。

民國四十七年中部發生極為嚴重之八七水災，蔣夫人指示派員前往災區收容亟需協助教養之災戶子女，自此之後，每遇重大災變，華興無不盡力協助之。民國五十八年夏，我國臺中金龍少棒隊，奇蹟似的榮獲世界少棒比賽冠軍，國人為之瘋狂。在歡迎、遊行、慶功及宴會召見之餘，有心人士想到這一批雖名為臺中市金龍隊，國手則來自全省各地，如果就此解散十分可惜。然學業、訓練很難兼顧。國民大會宴請這批小國手時，這些年長的代表們，眼看這些可愛的孩子就要解散了，其中有一位廣西籍的代表黃啟武，當場認了小國手黃正一為義子，並靈機一動想到華興，於是代表們商量結果是，懇請當時體育總會會長黎玉璽將軍，請他向蔣夫人報告，可否請華興收容？如可則教養的問題，就可以迎刃而解。其時適逢華興校長江學珠女士足疾，臥病在空軍總醫院。蔣夫人派姨侄女孔令偉女士前往探詢江校長意見，（按：孔女士對棒球不僅喜愛且很在行），江校長說：「學校是夫人所創辦，若夫人允許，其他枝節問題華興會設法解決，應不致有問題。」就這樣一向以教養孤兒難童為主的華興，至此學生進入的背景成分，也應運而起了變化。

到了民國七十年，我國當年流落在滇緬及泰北邊區的國軍，他們身在異域，其艱苦可想而知。他們的下一代教育問題，漸為中國人權協會杭立武先生及大陸救災總會之重視。他們向蔣夫人請求，准許分批接運學生來臺入學，先後到華興者約五十名。隨著時代的改變，兩岸關係的緩和，國軍烈士已絕無僅有，而且我國經濟繁榮，國民生活大幅改善，需要育幼院幫助的已不是教養的困難，而是管教的困難，這不僅是華興收不到學生，其他公私立育幼機構亦復如此。臺北市政府社會局多次評鑑華興之後，希望華興能收容誤入迷途及自甘墮落的青少年，所需經費由政府負擔，即證明社會形態之改變，但是華興為了維護這許多純真無邪的孩子，我們只有委婉的拒絕。

近十年來既然符合原始收容條件者日漸減少，於是轉而為勞苦功高的榮民服務。他們貢獻一生青春於國家，退役之後始成家，有的配偶不論年齡或健康，都有若干問題。其子女往往也成為老榮民一大負擔，因此華興繼而收容、教養榮民子女及社會低收戶之子女。

五、豐碩的成果

華興育幼院在全臺灣育幼院中，規模算是最大的了。很多育幼院只有院生幾十人，上百的已經不易，華興初創定為六百人，最高收到五百二十人。在這個階段，幼稚園兩班，小學六班，初中六班（每年級兩班），高中三班，後來幼稚園裁撤，院校共十五個班，至今仍然一樣。小學五六年級人數最多的時期，每班五十四人，幾乎教室的門都沒有辦法關上，漸漸現在只有三百人左右，與當年實不可同日而語，也由這一點可以印證我國經濟之繁榮，社會之進步。其次一種現象，六十年代以前，寒暑假，留校學生眾多，包括農曆年亦復如此，民國七十年以後逐年減少，如今假期門可羅雀，春節在校過年的是一批年邁的老榮民工友，怎不令人唏噓！

四十五年來（再過三個月華興成立四十五周年）華興畢業生已有五、〇一九人，這當中是從幼稚園、小學、初中、高中一路升上來。華興早年，為恐學生畢業還小，不能自立，特別是女孩子，讓她留級，養大一點，用心是良苦的。這些畢業離校後繼續升學的，華興設有應屆畢業生考取公立學校之獎助學金，幫助他們完成學業。到現在我所知道的，獲得國內外博士學位的約有二十幾人，碩士學位的約有五十幾人，獲得大專畢業的約有八百餘人，他們分佈在國內外各地，從事服務國家與社會之工作，雖仍沒有顯赫高官巨賈，但他們兢兢業業服務人群，深獲各界之肯定。單就棒球而言，當年蔣夫人收容了金龍隊，誰想得到華興此一濫觴竟帶動了美和中學、臺北縣中華中學（榮工隊）之跟進，形成南北雙雄（華興、美和）及後來的三強鼎立（華興、美和、榮工）稱霸棒壇約有二十年之久。如今臺灣青少棒隊、青棒隊以百計千計了，由華興畢業好手分佈各職棒隊及各地從事棒球運動的華興球員，比比皆是。近年早期畢業生每逢蔣夫人華誕，自動組團前往紐約拜壽或以物力、財力回饋母校，這都是最值得稱道的。

華興的輝煌年代在民國四十七年，華興初中第一屆學生起。就如我前面說過，五十年代、六十年代，蔣夫人關懷華興，經常走訪華興，鼓勵教職員工和學生。小小的華興，師生凝聚在一起，不問收穫，但問耕耘，校內舉辦多種比賽，參觀賓客有如過江之鯽，學校一股蓬勃之氣，生生不息，參加陽明山管理局所轄的士林、北投兩鎮中小學各類體育、藝文、音樂……等之比賽，往往囊括前茅，有些活動甚至代表陽明山管理局前往臺灣各地參加決賽。棒球隊員更多次奪得中華代表權，參加世界大賽，榮獲冠軍，接受政府表揚，華興中學校內之棒球隊史室，獎盃之多無處容身。

到過華興的人，無不被校園周遭美景所陶醉，多少教育界人士一再呼籲擴大招生，發揮各項優良設備的功能，國際人士更認為華興育幼院之多項措施已達世界水準，各方佳評如潮，這些都是值得創辦人蔣夫人感到欣慰的。

俗云：「學無止境」，又說：「好還要更好」，也就是所謂精益求精。這是所有華興人，不論在校或已離校者，共同的願景，特別是在蔣夫人如此高齡的時候，讓她一手創辦的華興繁榮結果，發揚光大，是全體華興人責無旁貸的任務。

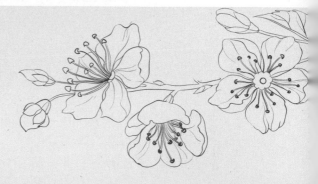

03

第三章

「華興」後記

本文刊於《蔣夫人與華興》

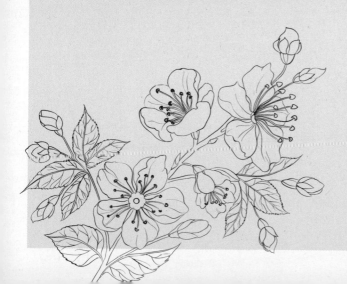

一九九九年財團法人中正文教基金會等單位，在國立故宮博物院召開「蔣夫人宋美齡女士與近代中國國際學術討論會」，其時我已退休四年，受邀參加，三天下來有關蔣夫人創辦華興，只是寥寥幾百字的敘述，當時華興有三位同仁受邀參加。①我相信，我們都有如坐針氈的感覺。後來我曾向有關方面反映，希望設法補救，但沒有得到積極有效的回應。

歲月不居，華興老同仁日漸衰老乃至凋零，如果就此下去，這一段令許多學生回味無窮的蔣夫人愛心事蹟，將因物換星移而煙消雲散，以一個濫竽華興四十年的人而言，有一種責無旁貸的力量驅使著我，然而知識能力渺小淺陋的我，要從那裡著手？確有一片茫然不知所措！未幾我有六年之久旅居海外，此事雖未遺忘，卻因人在國外，有事與願違之慨。

二〇〇九年我返臺已兩年，身體康復，幾經思考乃請朋友應舜仁先生②，介紹我跟財團法人中正文教基金會副主任委員樓文淵先生認識，並向他及華興董事秦舜英女士當面請教，「我可不可以請專家學者撰寫一本《蔣夫人與華興》？」承他們二位的鼓勵與協助，我總算有了一點頭緒。接著我找一向熱心以物資、經費回饋華興的早期畢業生管飛雲，尋求經費支持，她不加思索地滿口答應，立即付出十五萬元做為籌備經費，繼之校友陳體信聞訊也捐十萬元。

當經費有了著落，急忙請樓先生陪我到木柵向閻沁恒教授③，請教如何著手。承蒙他指點迷津，「可從校內老師，畢業學生，找適合人選。」果然皇天不負苦心人，本校資深退休教師馬才寶推薦本校早期畢業生亓樂義，當我們告訴他此一任務時，他毫不遲疑地認為是一項無上光榮的任務。我一面報請華興中學董事長辜嚴倬

① 當時的校長茅鐘琪、資深教師馬才寶（也是華興校友）及我。
② 應舜仁先生為士林官邸退休侍衛官。
③ 閻沁恒教授為國立政治大學教授，亦為國民革命軍遺族學校學生。

雲女士同意，同時獲得華興校友們熱烈響應支持。

接著召集昔日同事校友展開籌備工作，受邀同仁、校友如下：

教師部分：

游建忠、朱承杰、李美珍、郭月足、林礽成、朱為白、馬才寶、梁國輝、葉國輝、羅郁美、楊台英、唐紹竹、錢文星、陳彩雲、王普慶、陳麗雲等；

校友部分：

陳長龍、管飛雲、尤保善、潘力行、嚴明傑、羅鐘梅、江冬英、陳秀芳、周玉燕、李菊花、陳亭立、王一平、李同文、嚴守珍、陳念萱、白　毅、林志輝、亓樂義、李以德、林從海、方偉民、左曉岫、王嘉珍、郭清如、萬國平等；

棒球隊部分：

林華韋、孫金鼎、葉志仙、郭永宗、王清欉、周德賢、李育忠、吳柏勳等。

隨之由總執行馬才寶成立工作小組，分頭推展。如今這本書在華興人的共同努力與期盼下，最辛苦的是作者亓樂義，他是華興高中第六屆畢業生（亦為小學第十五屆），我在溫哥華時看網路新聞，得知他是中國時報駐北京主任記者，他公務繁忙自不在話下，能夠靜下來的時間少之又少，寫這本書完全利用休假時間完成的，非常難得。

本書的出版，不僅是所有華興人的共同期盼與願望，也是社會廣大讀者的期盼。在時間上適逢中華民國建國百年的國慶出版，將它獻給予多災多難的國家一百歲生日的禮物，同時也獻給敬愛的蔣夫人。這本書的出版也賦予華興人更大的時代任務，那就是我們華興人要緊密地追隨政府，共同締造中華民國第二個百年的光榮歷史。

其次，我要感謝幫助我著手進行的應舜仁先生、樓文淵先生、閻沁恒教授、秦舜英董事；華興育幼院與華興中學校友會理事長吳俊明、總幹事周玉燕及諸位理監事們、校友們，一年多來你們無條件的完全配合，在理事長帶領下，積極推動使工作順利進行，功不可沒；同時我也感謝接受訪問的董事長、董事、蔣方智怡（蔣孝勇先生之妻）、宋曹璃璿（宋仲虎先生之妻）等兩位女士、三位昔日經常光臨華興的周聯華牧師、何占斌、朱長泰兩位侍衛官（何、朱為蔣夫人之侍衛官），特別是周牧師，我們幾次赴美為夫人祝壽，他都比我們先到，陪伴我們，使整個祝壽行程圓滿順利，更是銘記在心。因內容需要，亓生還特別訪問王生明將軍少爺王應文先生、黃君璧大師弟子楊偉剛先生。

還有華興退休同仁：朱承杰、李美珍、游建忠、馬才寶、郭月足、林礽成、朱為白、屠松炎、周修本、龔如玉等諸位主任、老師及遠在紐約的蕭明賢、邱智代、楊新惠等老師；早期畢業的校友們、德州達拉斯的華興中文學校創辦人校友牟呈華、羅鳳蘭夫婦，以及紐約、洛杉磯僑界領導人士如陳長龍校友；體育組組長、棒球隊生活管理詹德基、生活管理兼教練葉國輝老師及球隊校友；振興分班陳彩雲、王普慶兩位主任、陳麗雲老師及王秋蓉、王泰昌等同學，因為你們的協助，使內容更豐富、更精采實在。①

華興因創辦人身分的緣故，歷任董事無不克盡全力為夫人分憂解勞，在我印象裡，特別是高董事玉樹擔任董事四十多年，貢獻良多，只要他在臺灣，學校各種慶典，邀請的話，他必定參加；我擔任校長期間，辜嚴倬雲、熊丸兩位董事，所給予的指導，使校務順利推展等等。我以一個退休的華興人，謹代表老華興全體師生，由衷地感謝你們的奉獻與辛勞。至於歷任校長，就我所知，都是兢兢業業率同全體教職同仁全力以赴，如此地上下一心，才有那美麗的花朵。而讓我印象特別深刻的校長和她們的一些措施縷述如下：

黃若瑛，以我的觀察她的親和力高人一等，她用心領導華興，全體員工的向心力凝聚在她的帶領下，沒有不服服帖帖的，也沒有不永遠銘記在心的。直到今天只要華興學生、教職同仁聚會，總是會提到她，一個團體有這種大家長，有這種凝聚力，還有什麼困難的事呢！她把全副精神獻給華興，她重視生活教育、愛國教育、重視固有節慶習俗維護②、推行榮譽餐制度、全孤學生由教職員抽籤認養③等等。所以她在華興十三年是華興的黃金年代。我認為黃院長替華興營造「家」的形象，建立「愛的教育」④，可以說育幼院的規模與形象是她打造出來的。當年不少賓客

①振興分班陳彩雲主任提供的資料，豐富詳盡，顯示振興同學成就非凡，惜限於篇幅，無法一一敘述。除向陳主任抱歉外，請擅長寫作的振興同學如王秋蓉等，可向陳主任或陳麗雲老師索取資料，以文章介紹振興分班的成就。

②黃院長認為華興孩子離家背井或為孤兒，華興應按中國傳統節慶習俗，為他們舉辦過年過節。校院長、住在學校的主任、老師，吃年夜飯時到餐廳陪伴大家，校長親自分贈紅包祝福大家。

③全孤學生由社會組會同人事室按性別抽籤認養，所謂認養，即特別關懷他們，星期假日帶他們回家等等。

④黃院長認為育幼院學生「吃飽穿暖」是育幼院的基本任務。大陳島孩子喜歡吃魚及梅乾菜燒肉，她囑咐管理膳食人員遇到這一類菜肴，增加飯量供應。

參觀過華興，盛讚華興規模之大，①教育內容豐富充實，學生健康、活潑、大方，是一般育幼院所看不到的現象。

當年育幼院會議室牆壁上，掛滿了臺灣省政府社會處歷年頒發的特優獎狀。江校長來了以後直至談校長那十幾年間，只要有中學的評鑑，在我的記憶裡，成績都是優等的。評鑑的教授專家對華興的教育措施，無不贊許有加。直到我離開為止，那幾年間，似乎政府沒有辦理評鑑的活動。

其次是陳紀彝，她到華興來已從衛理女中退休一年了，蔣夫人原本請她來暫時頂替一段時間，由於她與蔣夫人的關係密切，她擔任校長期間正是蔣夫人旅居美國的時候。陳校長是五四運動上海學生代表，那個時代的青年有一股銳不可當的愛國情操，新舊時代思潮更迭，真正以國家興亡為己任。她在華興讓我印象深刻的是，重視學生道德培養，反對「人前人後」，她不允許客人來了，督學來了，才臨時加強環境整潔，加強內務整理之類，要求表裡一致。因她單身，而跟隨她的傭人不擅烹飪，所以長年與學生膳食完全一樣，同時用餐，包括年夜飯。她提倡廢物利用，不需存檔的油印紙張反面重複使用等等。她不是國民黨黨員，但她忠愛國家，效忠領袖與蔣夫人，已到竭智盡忠的地步，令人欽佩。

三為江學珠，她物色師資極為嚴格，班導師挑選及任課時數安排等，絕不假手他人，對提高學生成績有絕對關係，她重視學生生活，推行「做人之道」教育、期末訓導會議一一評定學生德育成績。華興棒球隊在她手裡成軍，許多規範制度在她手裡建立。她與陳校長二人皆為國大代表，故華興給的薪水，分毫供為獎勵或學校沒有預算而必須開支的支應，她在中央日報設有「江學珠獎助學金」。我認為她是建立華興高級中學②及華興棒球隊形象與制度的推動者。

四為談太僞，本來蔣夫人希望她能夠在華興久一點，沒想到先生張教授去世之後，鶼鰈情深的她無法釋懷而請辭，她是一位老校長，經驗豐富，一切按照制度實施，學校在安定中成長，一批批的新校舍，就是在她手裡落成的。

至於其他各位校院長辛勞可知，因為有你們的領導，使華興沿著優良傳統一步一步邁向完美。本書所述的人與事，以老華興為主，歲月不居，老校院長健在者僅

① 一般育幼院，無論公私立，人數約在幾十人，最多百餘人，華興當年五百餘人。
② 華興中學立案即完全中學（初高中），但一九五八年辦的是初中，其時還沒有實施九年國教。

張雪琴、茅鐘琪及我，恕我不一一介紹，敬請原諒。

蔣夫人常常告訴學生，「這是你們的家，也是我的家！」所以許多孤兒難童，雖然已辦妥離校手續，在外就讀大專院校，但逢年過節，仍然回到學校與大家歡度節慶。華興當年有嚴格的校規規定，非假不可離校（院），否則嚴厲處罰，所以外出是學生的渴望，視同是一種解放。但到真正畢業那天，辦妥離校手續，背著行囊走到中學部天橋時，卻又滿懷留戀，而黯然神傷者大有人在。

華興除有歷任校長的經營之外，把華興當做「家」的員工比比皆是，當年外賓參觀絡繹不絕，有的需要佈置，節目需要排演，道具需要製作，黃院長要求極為嚴格，希望做到盡善盡美的地步，如此一來總務人員、節目排練指導老師、協助的老師等，需要通宵達旦，這種情況一直維持到老總統過世之前。在我印象中張磊平、朱承杰、李美珍、游建忠、毛祖恒、閻淑寰、郭月足、林礽成、朱為白、傅　慎、施慶珠、蔣興等主任和老師，他們的辛勞令人難忘。

當年這批在華興工作的夥伴們，年輕力壯，住在眷舍，住在單身宿舍的同事，組成所謂的「華光社」。①那個時代娛樂很少，同時為了提高學生成績及升學率，高年級級任導師、中學導師朝夕陪伴督導、任課老師課輔；輪到擔任導護的老師，從早上六點半至晚間十點，是華興老師最頭痛的工作。保健室遇有生病發燒的孩子，夜裡起來探視；保育組同仁、中學組長、生活管理老師們，長年無朝無夕，視學生如子女，過年還會給一個小小的紅包。

臺灣早年一般人生活還相當艱苦，寒暑假留校的學生人數特別多，縱為農曆春節，都需留校照顧孩子，我無法一一列舉，而他們的奉獻應該記上一筆，華興的招牌就是這樣地大家共同打造出來的。華興早年待遇不錯，單身的有吃有住很吸引人，但後來每下愈況，談校長時代曾有四年預算被凍結，大家都能夠共體時艱，並沒有因為待遇沒調整而懈怠。

我曾四次率同華興同仁及校友到紐約為蔣夫人祝壽。她逝世出殯，及二〇〇二年在美華興校友為蔣夫人一百零五歲，所舉辦的祝壽或其他相關活動，承蒙國內校友及在美校友，大家爭相出錢出力，無怨無悔，機場接送，招待師長們食宿、安排旅遊等等盛情美意，華興的精神一一表露無遺。我永遠記得那一幕幕的情景，使整

① 「華光社」即單身光棍之意。

個活動圓滿成功，謹藉此書出版之際，表示衷心感謝。

如今這本書已順利出版，即將與廣大讀者見面，我掬誠地感謝上述諸位長官、先進及華興同仁校友們，因為你們的鼎力相助，才能順利完成。如果蔣夫人現在還在的話，看到她所培育的孩子，分佈在國內外各個階層，兢兢業業從事各行各業，必含笑著說，「你們好！我今天好快活！」①

① 蔣夫人到華興，當我們向她問候，「夫人好！」她回答，「你們好！」後來我們到紐約為她祝壽，她有感而發，「我今天好快活！」所謂快活即高興之意。

04

第四章 哲人已遠 典型夙昔

本文刊於國史館二〇一四年出版的《蔣夫人宋美齡女士行誼口述訪談錄》，訪問的題綱為該館所擬，接受訪談人林建業。

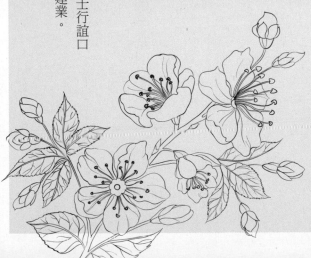

一、華興創辦初期

華興創立於民國四十四年二月，是因應大陳島、一江山戰役中為國捐軀之烈士遺族及義胞子弟教養的需要，可以說華興是先有學生，後有學校。成立之初是借臺北市大理街台糖幼稚園和龍山國民學校部分教室，第二年冬才搬到現在的院校所在地。

華興剛創辦的時候，設有幼稚園、小學，院長由皮以書女士兼任，同年七月蔣夫人聘請黃若瑛擔任院長。所謂創業維艱，剛開始的五、六年，華興師生是十分艱辛的，那時國際上與我們國家有邦交的國家還很多，訪問外賓絡繹不絕，這些孩子從戰地前線來，健康狀況、衛生習慣甚至說國語的能力等等，夫人都非常關心，當時幾乎隔天就到院裡巡視，關愛之情令人動容，待穩定以後還是三兩天就要來院校視導，甚至一天來兩次。她所關心的不僅是院校環境設備、衛生條件及學生飲食、生活習慣、學習狀況、疾病治療，連孩子服裝顏色式樣都親自挑選。

蔣夫人九十九歲的時候，我們去紐約祝壽，她還提到當年她到基隆碼頭迎接從前線接運到臺灣的這些孩子的往事，在場的學生那時都五、六十歲，甚至快七十歲的人了，她說：「在我心目中你們還是孩子。你們記得嗎？你們小時候我常摸你們的頭，過來再讓我摸摸。」此語一出引起哄堂大笑，一一依序讓她摸摸。她來學校時常常喜歡把學生集合在一起，問：「你們吃得飽嗎？你們想不想吃糖呢？」小孩那有不想吃糖的呢！大家回應說：「想！」過兩天她派人送糖果來。如果是冬天，她翻他們的衣領看看穿得夠暖嗎？內衣是不是棉毛衫，有沒有毛衣，有沒有穿衛生褲？她擔心院裡工作同仁虧待孩子；到教室，她把課桌抽屜打開來看，甚至帶客人來參觀，她也把抽屜打開看看是否整潔？宿舍內務是否整齊清潔？她到餐廳去看，如果菜已分好，她偶爾拿起筷子嘗嘗味道，看看飯菜好不好吃？類似這一類事情，不勝枚舉，所以華興是一個真正的家。她來學校不是來看一眼，做作樣子，轉一下就走，她不是那樣的人。她常在學生面前說；「這是你們的家，也是我的家。」

以前共產黨對蔣夫人罵得很凶，說他們家族撈錢，不把人民看在眼裡。我到華興服務之後，所看見的蔣夫人，完全不是他們所說的那回事！那是中共的宣傳，夫人不是這樣子的人，絕對不是。她的這種關心孩子，不是做出來給人看，她是真心愛他們的，華興是以愛為中心的教育機構、養育機構。在華興待過的同仁、在華興長大的孩子，只要有機會在一起聊天，最讓他們聊不完的就是華興。所以說華興是一個家，他們同學之間感情比兄弟姊妹還要深厚，許多人一待就是十幾年，天天生活在一起、讀書在一起。黃院長在華興服務十三年，她服務期間華興上下一心，是華興的黃金年代，育幼院以「家」的形象呈現是黃院長建立起來的，不幸在民國五十七年，她因癌症過世了。

二、夫人對個人的照顧

我是民國四十四年八月到華興，我是師範畢業生，是黃院長找我來的。我在華興服務四十年，夫人從四十九年起認識我。夫人來學校，教職同仁見到她，打招呼「夫人好！」並鞠躬行禮，她必回應說：「你們好！」。蔣夫人之所以認識我，那是她有兩個侄子在四十九年暑假回臺灣來，夫人希望華興派一個人教他們中文。那時我是育幼院教導組主任，黃院長推薦我去教他們。夫人這兩個侄子，是她弟弟宋子安的兒子，大的叫宋伯熊，小的叫宋仲虎，因為他們都在美國長大，只會講上海話，上課的地方，在現在陽明山「草山行館」旁的一間房子裡。

我受她許多恩惠，非常感謝她。但有一事我卻沒有做到，她希望我信主耶穌，我沒有辦到。因為我的父親早死，哥哥抗戰時期被日本飛機炸死，我祖父、我母親、我嫂嫂等人，含辛茹苦維持這個家。教育我的，養育我的，都是我的祖父、母親費盡千辛萬苦一手拉拔，他們對我恩重如山。大陸淪陷，我家被共產黨清算鬥爭，我祖父、繼祖母、我母親三人在一九六〇年人民公社年代，因「糧食困難」活活餓死。他們在世的時候我沒有辦法奉養他們，過世以後，如果連祭祀祖先這一點，我都做不到，怎麼對得起他們！

這件事經過是這樣的：民國八十五年春，夫人九十九歲，那時我剛退休，我帶許多位退休教職同仁、早期畢業生到紐約祝壽，談話間她突然問到：「哪些人還沒有信基督的？」我舉手，夫人就說：「周（聯華）牧師講道，以後你是不是常常去聽聽？」我答應了，其實這一點，我也違背她了，我沒有做到，深感抱歉，對不起她。華興是一所有基督教活動的機構，我雖然不是基督徒，學校的政策，幾十年來我沒有不全力奉行的。華興雖然是由基教徒創辦，但從不勉強學生受洗，三餐有謝飯歌代替禱告，大家都要唱，感恩的心是人人都應該有的。關於信教問題，蔣夫人絕對沒有執意要怎麼樣！黃院長不是基督徒，到病危前才受洗歸主。江（學珠）校長、談（太僑）校長都不是基督徒，她從不介意。這幾十年來我有許許多多受到蔣夫人恩惠的地方，甚至我的家人也受到她的恩惠。逢年過節，她常常會送我們包括好多位她認識的主任、老師禮物，最常送的是巧克力糖，或是送蛋糕。我非常慚愧，她送東西給我，我只是領受而已，我沒有辦法還禮。她曾親自頒贈嵌有「蔣夫人贈」字樣的手錶給我，我留著做永遠的紀念。我非常感謝她。華興早期連續三年考績甲等的教職員，夫人都請到士林官邸吃飯，以表示嘉勉鼓勵，並贈送她的畫冊。

三、辦理育幼院

華興育幼院的成立任務及成就，無論是教、養的規模、制度、實施，學童德智體群美各方面的成績表現，都極為優秀，從訪問外賓讚譽有加，以及省政府社會處、臺北市教育局等單位評鑑考核所頒發的獎牌、獎狀皆足以證明。而她為了鼓勵幹部，前面提到的請吃飯，及後來她私底下頒發若干主任及優秀教職員獎金，都是夫人對教職員的肯定。在《蔣夫人與華興》書中有記載。

這一批孩子來了以後怎麼辦，蔣夫人就請當時在位的董事們協助，他們無不克盡職責，想盡辦法全力以赴，才能使華興在穩定中成長，使孩子們安定中求學，歡度他們的童年、青少年時光。我印象特別深刻的董事是臺北市長高玉樹，高市長雖然是所謂黨外人士，對國民黨很有意見，不過我覺得她對蔣夫人的崇敬，絕不亞於我們，我很佩服他。高玉樹曾對我提過，他當選市長以後，蔣夫人把他找到官邸去，他說；「我是工程理科畢業的，我連怎麼批公文都不知道，全都是蔣夫人告訴我、教我的！」所以他很欽佩蔣夫人。高玉樹一直擔任華興的董事，時間長達四十多年，一直到他去世為止。他每次去美國一定到紐約探望蔣夫人，董事會時他常常感慨的說；「華興從無到有，完全是蔣夫人的愛心帶動下建立起來的。」這句話在華興董事會會議紀錄裡屢見不鮮。華興只要有活動，邀請他，他一定趕來參加，他對華興貢獻良多。

民國四十七年，華興成立初中部。初中部立案的時候，就是以完全中學（包含高中）「私立華興中學」立案，按照私立學校法定應冠當地地名「臺北市」三字。當年政府計畫反攻大陸，夫人對黃院長說；「我們回去，這所學校要搬回南京。」到了五十八年增辦高中，是江學珠校長所爭取的。

華興除了收容義胞、烈士遺族外，還收災民，八七水災、煤礦、大地震等受難家屬幼童，甚至滇緬邊區的孩子。其中有一個非常有趣的故事：琉球有一個學生叫國場美奈，她的祖父對蔣公非常崇拜，蔣公過世以後，每年蔣公誕辰，他專程來臺灣悼念。有一次這位國場先生要求蔣夫人，能不能收他的孫女到華興就讀？蔣夫人同意他的請求，所以華興有一個日本籍的學生，接受教育到高中畢業。華興沒有成立高中之前，學生初中畢業只要考取公立高中，學校發給獎助學金，包含衣食住行經費。大學亦然。後來臺灣跟大陸敵對的關係慢慢降低以後，烈士遺族、敵後工作人員子弟也慢慢的少了（本來敵後工作人員孩子送到華興以後，他們才能安心），於是華興就收一些低收入戶、孤兒、榮民子女。我們都知道，臺灣社會慢慢走向少子化，家庭環境改善，即使是單親的家庭有政府福利補助，不願把孩子送到育幼院來，符合華興規定的越來越少。從另一方面說，這是國家、社會進步發達的象徵，是好事。

民國一百年時，早年退休教職同仁、華興中學校友會合作出版一本《蔣夫人與華興》紀念她，因受篇幅字數等限制，有的很感人的故事沒有辦法留下紀錄。現在我趁貴館出版《蔣夫人宋美齡女士行誼口述訪談錄》之便，搭一個便車。事情經過是這樣的：

有一年老總統和夫人在梨山，一天蔡媽（蔡祺貞）陪同夫人散步，走經一處，遠遠聽到有人哭泣聲，夫人叫蔡媽一探究竟，原來是一位榮民太太，先生在臺中車禍死了，家裡陷入困境不知如何是好！夫人問明原因之後，馬上替她解決兩個孩子的教育問題，哥哥邵其柱入華興小學、妹妹邵其黃（罹患小兒痲痺症）先入振興。夫人交代當天華興、振興派人到臺北火車站接他們。夫人有一個習慣，只要是她關心到的，她來學校一定追蹤問孩子現在如何？邵家兩個孩子即是常常被問到的對象。又某一年她發現內壢國軍陳某過世留下四個孩子，大的三個已分別到軍事學校就讀，最小的陳中信來華興讀小學。陳中信來學校不久，夫人在董事長室將他叫到她的跟前，發覺他的右眼有病，隨即交代在旁的游秘書（游建昭是夫人辦公室秘書）第二天來學校帶他到廣州街中心診所治療，直到痊癒為止。即使下一次來，沒有再召見他來見，她一定問起他們的近況，這是她的習慣。

隔了若干時候，有一天，夫人在陽明山官邸要召見陳家四兄弟，據說總長下令有關軍事學校，學校小心翼翼將他們送來臺北。陳家兄弟有情有義，若干年後聯合寫了一封文情並茂的感謝信送來華興托我轉呈夫人。邵家兄妹現在臺中都有很好的職業，陳中信現在四川成都，他是一位事業有成的臺商。

另外夫人於民國五十六年成立振興復健醫學中心，專門收容小兒痲痺症患童。為使這些孩子接受正常教育，那裡有幼稚園、小學、初中、高中等不同程度的學生，一邊治療一邊上學，甚至一邊學技藝，使不致荒廢學業。那裡算是華興的分校，教師是華興派去的，學生學籍在華興，值得慶幸與肯定。

華興中學的畢業生，出了很多很有成就的人士，我還在華興服務的時候，曾做了個統計，得博士學位有十三人、碩士學位有四十人（根據《華興四十年特刊》）。據我所知，現在早期畢業的學生慢慢地都出來了，不乏在工商界甚至學術界等等各行各業都很有成就，貢獻社會國家。例如：校友管飛雲、管飛霞姊妹，他們創業有成以後，對社會的慈善事業奉獻不遺餘力。三十年前她們開始回饋母校，一捐就是百萬，如今還是源源不絕，不但捐獻給華興，也捐獻給世界展望會、饑餓

三十、認養孩子，及我臺灣的家扶中心，給了很多的幫助。王晉堯經營精密高級醫療器材，每年年終獨資舉辦「華興人同樂會」，邀請校友師長餐聚，動輒幾十桌，或旅遊或照顧現在在學學弟妹們；李玉鳳在深圳經營電子業，每年多次捐贈「華興高中校友會獎助學金」一筆五十萬。校友張春華，人在美國還到大陸雲南偏遠邊區去辦育幼院，幫助那裡貧窮的孩子，這些孩子都很會讀書，但是家裡無法供應學費，於是就幫助他們。

上述僅僅舉我所知，相信還有許多我所不知道的，古人說：為善不欲人知。他們都是實踐當年蔣夫人所講：你們有成以後，也要幫助別人，《聖經》裡教導我們：我們所有要與人共分享。華興謝飯詩歌有一句：「自己有了分給人。」他們去做了是值得高興的。牟呈華、羅鳳蘭夫婦在美國德州從事餐飲事業，領導當地僑社，擁護政府，並擔任僑委會僑務委員多屆，一面在達拉斯創辦華興中文學校，推行中華文化，已二十餘年，成績斐然。

又如美國太空總署的「好奇號」（Curiosity）登陸火星設計「好奇號」起落架的工程師是華興的學生，叫嚴正。其實嚴正在華興念書時，調皮搗蛋，很不守規矩，可是他後來從華興畢業後，奮發用功。一個月考上建國中學，後來清大畢業，到國外去了。現在他在國外這麼有成就，我感到非常高興。又如當年七虎隊球員李宗洲現在是行政院科技顧問。我因年歲已高，很少與外界聯絡，我所不知道的，掛一漏萬，被遺珠的一定很多，沒有提到的同學請原諒。

四、接辦棒球隊

民國五十八年，臺中金龍少年棒球隊打下了世界冠軍，回國以後，假使就這樣解散的話，實在太可惜，因為他們不是來自同一所學校，是來自好幾個不同縣市，選拔出來的聯合球隊。當時就有人想到請蔣夫人協助。我印象中，有一位廣西籍的國大代表黃啟武，金龍少棒隊裡面有一個球員叫黃正一，他們去中山堂拜會國民大會代表的時候，代表們實在太感動了，黃啟武就收黃正一做乾兒子。在此同時，他們也想到這些孩子的安置問題，所以就透過曾擔任官邸侍衛長的黎玉璽將軍，向夫人請示是不是能夠收他們進入華興中學就讀。所以蔣夫人叫她的侄女孔令偉問江校長。

蔣夫人常常來華興，為什麼不直接問江校長呢？那時，江校長因腳受傷住在空軍總醫院。那天我去看她，江校長將孔與她的談話告訴我，孔問：「夫人想收球隊，可以不可以？」江校長很厲害，她回答：「華興是夫人辦的，夫人決定要收，技術問題我們設法克服。」就這麼一句話，使將這支球隊收進來了。這支球隊收進來以後，華興的棒球隊成為臺灣青少棒、青棒所有球隊裡面最優秀的，他們品德優秀，學業成績也是頂尖的。因為蔣夫人規定，你們球打得好，書也要讀得好。江校長努力貫徹夫人這項指示，所以華興的球隊，之所以重視學業成績及球隊訓練管理制度的建立，都在江校長手裡建立的。

球技的培養是方水泉、陳秀雄、杜勝三三位教練們辛苦經營的成果。同時球員們自己肯努力、肯受教也是重要原因，所以在華興棒球隊的校友裡，據我所知得過奧運金牌的有五人、亞運銀牌的七人、被網羅去美國、日本打職棒或發展的二十八人，得國內外博士學位的六人、碩士二十四人、考取國立大學九人、擔任職業職棒教練十三人、擔任大學教練十八人、三級棒球教練二十六人、業餘教練四人、職棒裁判七人、企業總經理七人（以上資料根據華興棒球隊校友會所提供的資料）。國立體育運動大學校長林華韋，他是華興所有畢業同學中第一個被選為大學校長的校友，我們引以為榮。華興收了球員以後，經過華興的栽培，這一股新的臺灣棒球種子散佈在國內外各地，所締造出來的生生不息的力量，對臺灣棒球水準的提升、普及的貢獻是無法估量的，間接直接對社會國家的貢獻與影響也是無法估量的。

五、夫人對華興的教育理念

在華興，蔣夫人最重視的就是生活教育，也就是所謂的生活規範，衣食住行育樂的生活教育，應源自於早年蔣公夫婦在大陸推行提倡的新生活運動。譬如頭髮不能太長，指甲要常修剪，打哈欠時一定要摀住嘴巴這一類。蔣夫人對生活教育的重視，具體來說就是整齊清潔的行為舉止。所以華興學生必須自己洗碗，三年級以上分配、輪流擔任洗碗工作。掃地是每一個人每天必要做的，洗衣服也是三年級以上，人人都有輪流擔任的時候。衣服要自己洗，內務自己整理，華興的學生出去當兵，部隊整理內務對他們來講輕而易舉。此外還有一個技能教育，這是華興特別有的專案，包括有木工、電工，因為老總統曾經講，現在的人，不可能一點點東西都找人來做，電器壞了得自己修，椅子壞了，自己釘釘敲敲打打，要會自己修理，所以華興有木工教育、電工教育。

民國七〇年代，她還要我把華興國中跟小學的全部教科書，送一套給她，她要看。雖然她在美國，她還是想要看看，你們現在究竟教些什麼。她還是非常關心臺灣的。這些生活細節，黃院長、江校長都非常重視。江校長在華興推行的，是做人之道，也就是應該怎麼做人。華興出了許多位好校長，如前面說的黃若琠院長、江學珠校長，還有衛理女中的陳紀彝，高雄女中的談太僑，以及後來的張雪琴、茅鐘琪，他們都是了不起的校長。這些老校長，對華興的貢獻良多。蔣夫人對華興學生的勉勵，就是要他們做一個端端正正的人。她特別重視忠、孝、節、義方面的教育，叫我們要勉勵學生，做一個堂堂正正的人。華興學生做到了，足以告慰夫人及師長們。

六、夫人赴美定居後與華興的往來聯絡

夫人赴美以後，華興方面與夫人聯絡，主要由校長負責。每月都會製作一份工

作報告，詳細記載學校做了些什麼事情，例行工作以及不屬於例行性質的事務，分別各有哪些條列式，必要時加以敘述說明，呈送到美國，報告給夫人知道。雖然人在國外，她的心卻還掛在這邊。

至於學生跟夫人聯絡，一年大約兩次。一次是五月母親節，因為她是華興所有學生的大家長，雖然年齡相差懸殊。以前早期的國民革命軍遺族學校學生叫她「蔣媽媽」，到了創辦華興的時候，當時她的年齡已經六、七十多歲了，年紀小的孩子喊她「蔣媽媽」，不太適宜，所以都稱她「夫人」；有的孩子也曾經叫過她蔣媽媽，她也沒有任何不可以的表示。但是我們在旁邊的人總是覺得這麼稱呼不對襯。

母親節前兩三個禮拜，以班為單位，每班選一個學生，寫信給夫人請安賀節，報告班裡狀況，學校活動狀況，或學習心得等等，下一次換另一個同學來寫。在那個時代，對長輩寫信，不是用原子筆，而要用毛筆寫。因此我們讓華興的學生練毛筆，包括球隊，都練過毛筆。寫去的信，她都看了，並且回信。在《華興三十年》刊物裡，我們看到夫人的回信，夫人寫到：「你們寫給我的信，問候、關心我，我看了好高興。」

其次就是耶誕節也寫信請安賀節，因為基督徒對於耶誕節非常重視，華興自成立當年便有熱熱烈烈的耶誕節，不僅學生終身難忘，相信教職同仁也是永遠忘不了，那時候，華興經費短缺，吃不起聖誕大餐，因此駐在林口的美軍來替學生過節，地點在婦聯會。在聖誕慶祝會上，華興學生演戲，演出的節目是《光武中興》，老總統看了好高興。那是配合時代的需要，紹興戲就是越劇，也就是浙江戲，都要用浙江的腔調來唱的，老總統是浙江人，紹興戲等於是說他的鄉音。那批孩子那個時候才從大陳島過來，他們還會講浙江的口音。對學生來說，全年之中，除了校慶，耶誕節是他們最快樂的時候，因為可以拿到禮物、糖果，還可以吃大餐。孩子的內心，總是期待這天的到來。

七、對夫人的感懷

在早期華興學生的心目中，最值得華興學生懷念的就是蔣夫人，他們普遍認為若不是蔣夫人創辦華興，他們不可能有今天。從家長立場講，在他們家庭最艱難的時候，夫人幫助他們解決孩子教養兩大問題，使他們有餘力從事其他。華興學生最可貴的地方是他們當年生長在艱辛困苦的年代，知道必須靠自己不斷努力奮鬥，也就是「愛拼才會贏」，所以他們都能夠茁壯地站起來，如果夫人天上有知應該欣慰的，因為她生前的付出沒有白費。第二個懷念的就是黃若瑛校長，她真可以說是蔣夫人的化身，蔣夫人眼光高選對人，由她來擔任華興的校長，只可惜才六十歲就去世了。接下來，我前面提過的那幾位校長都是很優秀、非常了不起的校長，這也可以說是蔣夫人知人善任。

以前，在我想像中，人活到百歲，那是極為稀有的，我之前從來沒有看過百歲老人。夫人九十九歲誕辰的時候，距離上次見面已有十來年，當我一眼看到她時，心底覺得奇怪，她除了上下樓梯要人攙扶以外，拿著拐杖還可以行走自如，她的神情模樣、氣色，跟過去差不了多少！她沒有彎腰駝背，年紀這麼大的人，明年就要一百歲了，卻還這樣健朗。當天她談笑風生，第二年我們再去晉見，她更是高興。

但是我們萬萬沒有想到，蔣夫人活到一百零六歲的高壽！古人說仁者壽，不是有仁、有德、有義，怎麼能夠有這樣的福份。一般來講，人能活到一百多歲，這是表示在冥冥中有一股力量幫忙她的。假使她受到大家痛罵、痛恨，就這樣的人物，會活這麼高壽嗎？不可能。假設她晚年都是輾轉病塌，一日數警，不僅自己痛苦，她身邊的親屬，比如大小姐、黃武官、宋武官，怎麼敢安心回家？而夫人離去時的情況，是護士覺得，今天晚上不對了，才叫他們趕緊過來。所以宋武官告訴我，蔣夫人是睡夢中平平靜靜走的，一個人如此長壽，走過三世紀，又在睡夢中沒有痛苦的走，是多大的福氣！她是第二次世界大戰所有國家領導階層碩果僅存的人物，實在難以想像。

我退休了以後，曾經帶領若干退休同仁及早期畢業生到美國去拜見夫人，那時她九十九歲、一百歲、一百零一、一百零二歲時，連續四年。而我主要帶領的是畢業的校友。夫人看到孩子們，當然非常高興。每次承蒙所有參加校友招待老師們食宿，讓他們花很多錢不好意思。抵達之後，當地的往返交通也是在美國的校友支持我們的。民國九十二年夫人過世，我也帶領同仁、學生去紐約，參加喪禮，以及追思禮拜，做好禮拜，我帶領師生到臺前去，那間教堂的活動場地上，設有一個臺座，一張好大的夫人照片。到她靈前，向她報告，我們默禱：「夫人啊！我是某某人，今天帶了華興學生、同仁，來參加追思禮拜，感謝您，教育我們、養育我們、照顧我們。」追思禮拜那天，也只有華興學生有這樣的舉動，其他的人好像沒有。

夫人百歲的時候，媒體稱呼她為「永遠的蔣夫人」，所謂蓋棺論定，她已得到了歷史定位，我們有幸直接在她領導下的機構求學、任事，與有榮焉，我們懷念她、崇敬她，特別是我個人永遠感謝她！我也謝謝你們有這麼一個機會讓我抒發心中的感懷。

05

第五章 揚名棒壇

本文懸於華興院校史室內

一、華興院校史室落成紀念

多年前政府即宣導各級學校成立校史室，以本院校之特殊性言，尤其需要。惟礙於經費，致延宕者再。五年前張前校長有感於歲月不居，恐有史實資料殘缺之憾，遂著手闢建，游主任建忠熱心參與，史室雛型得以初具。

今春棒球隊校友會倡議捐建棒球隊史室，態度積極，幾經勘查，為便利參觀，決定闢本室之一部分，作為棒球隊史陳列之用，並已於校慶日落成啟用，後者資料充實，設計新穎，兩相比較，前者簡陋見拙。

校友管飛雲、管飛霞姊妹，有見於此，慨然捐贈新臺幣壹佰伍拾萬元，作為整修裝潢及充實史料之用，經校友馬才寶、林從海二先生規畫設計，現已完工。本室為多功能用途，既為校史室，又為簡報室、會議室。來賓從圖片、影片及說明中可以一窺夫人四十年來關愛民族幼苗、培育忠良之後的慈善教育事業暨前人創院創校之艱難，教養設施與經營之梗概……。綜觀本室設備出自校友出錢出力，意義至為深遠。深盼在學諸生抱定他日獻身國家社會、利國利民，以光大夫人德業為職志，則夫人精神及華興優良傳統必將綿延不絕，永垂久遠。

校長 林建業

中華民國八十四年十二月廿三日

二、華興棒球隊的萌芽與茁壯

民國五十八年夏，臺中金龍少棒隊代表中華民國參加美國威廉波特世界少棒錦標賽，奇蹟地所向無敵，榮獲冠軍。

全國同胞欣喜若狂之餘，有心人及家長為使小國手不致分散各地，荒廢球技殊為可惜，乃向本校董事長蔣夫人請求收容全隊隊員入學華興。

本校秉持夫人：「球要打得好，書也要讀得好。」及「注重運動道德與運動精神之培養」的訓示，師生奉為圭臬，共同推行，時光荏苒，倏將廿六年矣。

在歷任校長、主任、教職同仁、教練們熱心支持與嚴格配合下，本校由最初隊員十四人至今七十二人，由青少棒而青棒。在學期間，課業之教導、球技之磨練、品德之薰陶、人格之培養、為人處事之要求，以及起居生活、膳食營養、健康衛生、心理建設、球具供應、硬體設施等等，同仁所付心血極多。諸生勤勉向學、鬥志高昂，誠所謂德術兼修、手腦並用，於球技南征北討，愈戰愈勇，曾多次代表國家，遠戰美加，迭創佳績；於學業保送或投考大專，獲得繼續深造，成就斐然；於就業、創業則自立自強，開創個人事業新頁，卓然有成。近年更有不少校友投身職棒、成棒行列，不論在國內外，輒放異彩。早期畢業校友於公餘獻身義務推廣棒球播種及紮根工作，不遺餘力，以上各點每獲其師長、長官、同僚之器重與贊許，在校師生與有榮焉！

茲值華興創立四十周年，球隊入學第廿六年之際，球隊校友有感於夫人當年之倡導，關懷與培養，始有今日棒運之花果，為喚起後起之秀及社會大眾緬懷過去，策勵將來，特集資設立「華興棒球隊史室」以資紀念。落成之日囑建業一敘梗概，惶恐之餘，敬請諸位先進不吝指導，並盼諸位同學再接再厲，發揚光大華興精神。

校長　林建業

中華民國八十四年五月七日

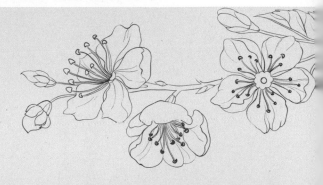

06

第六章

來自社會 用於社會

本文刊於臺灣最大民營報紙《聯合報》 二〇一七年七月三十一日

日前報載，政府處理婦聯會，認為華興育幼院的經費也來自勞軍捐款，我有不同看法，需要說明。

華興成立時雖冠上「中華婦女反共抗俄聯合會」，但並非其附屬機關。華興成立之初就有自己的董事會，經費不全是青果同業公會勞軍的捐款。

蔣夫人一生做慈善事業，抗戰期間在大陸各地辦有「戰時兒童保育院」達四十八所之多，其中有一所還在延安。華興老校長陳紀彝女士是當年保育院總會的總幹事，她說曾見過來自世界各國貨幣的捐款，也包括華僑和國際友人向蔣夫人捐贈的善款。

一九五五年，為安置撤退來臺的一江山烈士遺孤和大陳島難童，蔣夫人在臺北創辦華興育幼院。此後，華興的大禮堂、餐廳、宿舍等都是慈善人士捐建，如最初的大禮堂兼餐廳由夏榮光牧師捐建、史培曼堂（餐廳）是紐約樞機主教史培曼捐建，是民國四十八年以二萬美金，興建可容納八百人的餐廳，因廚房經費不夠，屋頂暫用石棉瓦，直到後續改建翻新為止。

又如華興大禮堂（雷歡好紀念堂），是紀念澳洲故僑雷歡好先生。他在抗戰時期就是捐款人之一，民國五十多年病故前，將遺產三分之一捐給重慶時期的蔣夫人。當時我們政府還跟大陸政府打官司，大陸所持理由重慶在大陸，我們所持理由蔣夫人在臺灣，結果我們贏了。

再如六福客棧創辦人莊福先生，從民國七十幾年起接連幾年親自按在校生人數，將捐款送至華興；女生宿舍（鮑林紀念堂）是基督教兒童教育基金會捐建的；男生宿舍鐵皮屋是石門水庫完工結束，以一元美金象徵性代價贈予華興；籃球場由宋子安之子宋伯熊、宋仲虎兄弟在華興六周年時捐建。

另有二處華興房產：目前聽障治療中心那棟房子，是一輩子陪伴蔣夫人的蔡媽死後，蔣夫人指示其住處捐給華興；在北投有一棟小房子及十七萬遺款，是老榮民湯少雲先生的捐贈。和勞軍有關的，如當年的華興中學大樓，由青果進出口同業公會捐建；活動中心兼圖書館的感恩堂，則是華興成立十周年時國防部代表三軍眷屬捐獻的。

華興幾十年承蒙中外善心人士、政府、工商界、社會人士的關心愛護與協助。如今，傳出華興經費來自勞軍捐款而未提其他，我無法苟同。如果默不出聲，將有愧於當年眾多出錢出力的社會善心人士。

第二篇

慶賀感念

01

第一章

慶賀

慶賀林華韋仁棣榮任國立臺灣體育運動大學校長

林建業代表老華興致祝賀詞

蘇校長、林校長教育界各位前輩、先進，各位貴賓：大家好！

我非常榮幸能夠參加這個盛會，因為林校長華韋是華興中學畢業生，他是所有華興畢業生第一位當選國立大學校長的校友。今天從各地趕來道賀的有當年的師長、教練、同學，我們除了來道賀之外，也分享這份喜悅與光榮。我謹代表老華興全體師生感謝甄選委員們讓林校長有嶄露頭角的機會。

在座各位對華興也許不太瞭解，容我稍加說明。華興創立將近六十年了，它是一所私立教育、慈善二者兼備的機構，當年的學生以一江山、大陳島義胞子弟、三軍遺族、社會孤兒為主。民國五十八年金龍少棒隊榮獲世界冠軍，社會有識人士建議請華興幫忙解決這批小國手能夠生活在一起接受教育與練球問題。華興從那時起肩負起培植國家棒球好手的任務。華興創辦人蔣夫人對這些小國手的教育政策是：希望他們不僅球打得好，書也要讀得好。三十多年的時間裡，華興本著這個宗旨與傳統，培植為數相當多的棒球界精英，據我所知，得過奧運銀牌的有七人、亞運金牌的五人、被網羅去美國、日本打職棒或發展的二十八人、得國內外博士學位的六人、碩士二十四人、考取國立大學九人、擔任職棒教練十三人、大學教練十八人、三級棒球教練二十六人、業餘教練四人、職棒裁判七人、企業總經理七人。

各位，這份成績單很不錯了，可見當年華興接受你們是正確的，教育政策也是正確的，而少棒之父謝國城先生推薦方水泉、陳秀雄、杜勝三三位教練，以及學校歷任校長、主任、眾多教職同仁的辛勞代價的報酬率是可觀的。而你們自己好學與肯受教是成功的最大原因，才有今天傲人的成績出現。而這一股新的臺灣棒球種子散佈在國內外各地，所締造出來的生生不息的力量，對臺灣棒球水準的提升、普及的貢獻是無法估量的，間接直接對社會國家的貢獻與影響也是無法估量的。

我相信過去的師長、教練們，看你們的成就，就像看到自己的兒女成就一般，是從心底裡高興出來的。祝福你們！最後

敬祝

國立臺灣體育運動大學，未來在林校長領導下校運昌隆，春風廣被，技藝精湛，功著體壇。

也敬祝各位：

身體健康，萬事如意。

謝謝大家！

02

第二章　懷念

一、她是一位可敬的長者

本文刊於《黃若瑛院長紀念文集》

時光荏苒，黃院長離開我們已十年了，十年時間不算短，可是她的音容笑貌，以及許多言行，圍繞在我四周，揮之不去，招之又來，一幕一幕深藏在我心深處，遇到與其相類似的人、事、物，使人不得不想起她。

現在她的故舊、親友、學生為了紀念她，決定出一本紀念集來邀約她以前的故舊、親友、學生寫些紀念文字，以院長對我的恩惠言，應該主動的寫，才是表達對她的崇敬和懷念。但濫竽教界將近卅年，平日從未寫過文章，說來慚愧，多少心中有些畏縮不前。主事的朱主任承杰兄覺得這麼一本紀念集，華興老同仁沒有文字，豈不笑話，所以只有強抓筆桿，不論通達與否，寫出幾點我對院長的懷念。

一個人的成功，絕非偶然，以黃院長來說，她的成功除了道德、學識、能力外，她的風度氣宇，毫無疑問，是她成功的條件之一。她的威儀使人敬畏，但一經交談，又覺得她是那麼親切、和藹。這是同她見過面的人，所共同體認的。

有一年陽明山管理局所屬各機關、學校、團體聯合動員月會，輪到華興主辦，她風聞這一性質會議氣氛凌亂，也就是報告的人報告，聊天的人聊天。至於平時校中各種嚴肅的場合，她是要求絕對寧靜的。如今遇到這麼一種會議在華興大禮堂舉行，除了局長外，她是主辦學校的報告人。會議的一天，她親自指揮會場的佈置，並要求各單位主管到場接待。

會議開始，輪到她致歡迎詞，聲量以全場人必須安靜才能聽到為度，她告訴與會賓客，今天招待員是各單位主管，一篇不算短促的報告，全場鴉雀無聲，靜靜聆聽她的動人演說，會議結論時潘局長說：「這是一次秩序井然的會議。」事後院長認為我們是教育機構，藉機實施教育那是我們的職責。但我從與會的朋友口中得知，大家仍認為是她的風度及說話技巧等所使然。

其次是對人的誠懇和關懷，實在叫人由衷感念。我與她只是院長與教員的關係，別無其他關係，但她待人之厚一如長者照顧家人。我的額前有一撮白髮，至廿餘歲後更為明顯，那時還未結婚，並不注意邊幅，既不搽油更是不大刮鬍子。有一天她派人到龍山小學（本院小學部）叫我到院長室，進門之後，她說：「雅瑛（我學生鄭力行的母親，院長的妹妹，我認得）從日本寄來兩條黑髮臘，我送你一條，希望你平日搽油後搽些黑髮臘。」她並教我如何使用。過了一段時間她又輕輕告訴我：「有外賓參觀，請把鬍子刮刮掉。」

民國五十年三女士珍肺炎住院兩周未癒，最後醫生認為需要輸血，並認為以父母血液最好。於是我輸了二百五十CC血液，果然逐漸好轉，過了幾天，此事院長知道了，她正色的責難我說：「要輸血怎麼不跟我講！錢重要還是命重要？」諸如此類我怎能忘記呢？

至於為我解決精神上和物質上的困難，更是不可勝數。她的關懷不僅及我，以至於我的家人，進而擴展到我的親戚。有一年我的內兄肝硬化，她知道了，為我找來偏方，並不時問及他的病況。人非草木，我能遇上這樣一位首長，能不全力以赴，以表報答於萬一？華興當年巔峰時期，自應歸功於董事長全心全力的照顧和領導，以及她老人家精神的感召外，黃院長的統御領導得法，同仁上下一心，實是原因之一。因為她如此待人，難怪她逝世在出殯的前一日夜晚，多少同仁，見到她的遺容，痛哭失聲，不是無緣無故的。

當年華興學生在陽明山區，不論參加什麼學藝比賽，多能名列前茅，甚至冠壓群雄，曾有校長私下向人打聽：「華興是否有冒名頂替情事？」其實這是大錯特錯了，黃院長另一方面令人敬佩的地方，就是她的「真、正」，當年之所以「令出必行」那怕是工作通宵達旦也無怨言，如果她上樑不正，如何糾正下樑呢！雖然她不學教育，但她信守教育信條而為同仁所佩服。

從她那裡我們更懂得了許多忠黨愛國，敬愛領袖，敬愛夫人的作為和觀念，她教導我們要以國家第一，總統第一，夫人第一，她教導我們在外國人面前，必須表現出泱泱大國的風度和恢宏的氣概，不能因為我們國家處境，而讓人可憐我們，我們要他們佩服我們等等。

院長實在逝世得太早了，雖然六十一歲不算短命，但以她的才能，天再假以十年、二十年，相信，華興學子、同仁，都更有福氣。她不但具有現代的知識和觀念，她更具有中國傳統的道德涵養，如此的好人，竟如此的早去！

本文刊於衛理女中出版的《陳紀彝女士懷念集》

二、懷念陳校長

民國六十五年七月三十一日，夫人秘書處游秘書，電囑當日下午將董事會聘書送陳校長公館，我依囑送往，叩門應聲的是一位白髮蒼蒼的婦人，心中不免一陣錯愕。陳校長我是認得的。民國五十四年至六十一、二年間，經常在陽明山管理局，各種會議席上，有機會見到她，她也僅知我是華興林主任而已。我進門之後，她第一句話：「林主任，我已從衛理退休一年了，怎麼能再擔任呢？」顯然她對此一任務是一種無奈。

校長那時已七十多歲了，當時本校邵校長請辭，夫人一時找不到適當人選，臨時請陳校長接替，並囑她怎麼辦衛理也怎麼辦華興，因為她們之間關係密切，雖已如此高齡，夫人既已開口，於情於義都不允許她推辭。所以她也只有勉為其難，允其暫時頂一頂。唯一的條件，請夫人趕快找人。校長娓娓道來，有一種不得已的表情，我則力陳：「華興必能在她領導下，日益茁壯。」我們談著談著，約定第三天上午八點半去車接她到華興。校長自民國六十五年八月二日到職，直到七十五年一月三十一日任職足足九年半之久，她常說萬萬沒想到一頂頂了這麼久。

校長患有糖尿病、高血壓等慢性病，身體不好，據我所知，她除了華興校長之外，她還擔任國大代表、衛理女中董事、衛理公會董事、婦聯會常委……等公務六、七項之多，我們常勸她有的會不必參加，她總是說既擔任就要負責。山上風大，升降旗見她站在主席位上，在寒風中搖搖晃晃，那瘦弱的身軀大有被風吹倒之勢，也曾多次勸她不必參加，她也總是既已擔任，就要負責，等語回絕。

校長為人處事，以誠敬為主，不尚虛華，更不做表面工作，所幸華興幾十年來，歷任校長作風莫不如此，講求實際實在，一是一、二是二，也因此她常訓勉學生不可人前人後，要光明正大。她常說不論客人來，督學來，是怎樣，就怎樣，不主張人前一套人後一套。

在我印像中她很少誇獎同事，她認為把事做好是本份，應該的。但她對華興若干學生則一再誇獎，如畢業生趙衛武，就讀清華大學核子工程系，系教授吳家祈博士是衛理女中畢業生，吳博士常在校長面前誇獎趙生，她則常得意地轉述此事，並表示無限欣慰之情，這正是每一位從事教育工作者，看到學生的成就足以自豪自慰的地方。

校長生活簡樸，她跟著學生吃大鍋飯、大鍋菜，幾乎什麼都吃，毫不挑剔，以她的年齡和身體狀況是為難她了，陪伴她的吳劉菊女士，不擅烹飪，主僕二人都以校為家，包括年節亦復如此。偶爾學校歡送退休同仁或節慶聚餐，也有看她很饞的表情，舉箸之前，常問在旁的衛生組同仁：「可以吃嗎？」校長通常宴客多是五菜一湯，她常說這是我的習慣，她儘管如此儉樸，但校中有急需而沒有預算支付時，她卻交代「做了再說」，往往自掏腰包。校中對棒球隊學生之管理訂有一套賠償公費的辦法，某年有位球員讀不下去，要求轉學。依據規定，應賠償公費，而家長無力負擔，校長卻以借貸方式，代付賠款，言明月後分期攤還，據我所知沒有下文，她也從未再提此事。她生活、衣著、用品莫不如此，她雖如此高齡，一架老舊英文打字機一直伴著她，所有英文函件都是她自己處理，她常說她與劉院長剛到臺灣時，住在新生南路一棟房子裡，什麼也沒有，晚間在浴室裡以木板搭架為床的艱難，意謂苦日子我過過的。

校長自己說與蔣夫人是上海中西女中前後期同學，在上海時，她與同學常到宋府參加基督教聚會，彼此早已相識，及抗戰爆發，校長哥倫比亞大學教育博士學位論文都已提出，仍毅然投身抗戰，返國之後在漢口參加基督教女青年會工作，一天報上刊登陳紀彝的名字，夫人見後始知她人在漢口，於是力邀她到婦女會擔任副總幹事的職務，夫人並責怪她，為什麼不去找她，校長說：以前你是宋小姐，現在是蔣夫人，意謂身份不同我怎麼來找你呢？從那時起校長追隨夫人直到華興退休，足足半個世紀之久。

夫人在國內時，校長經常受邀到官邸，即使夫人避暑在日月潭，也有機會與蔣公一起用餐。校長常說：我從夫人那裡學到節儉美德，如：利用的便條紙多是撕下的桌曆，舊信封、舊紙袋等一再使用等，並時在言談中流露她對夫人的推崇與感謝。

校長是無黨無派人士，但她對國家、對先總統、對蔣夫人、對國家前途期許等等，可以在她的禱告詞中一一浮現出來，同時那時候學校經常有黨團的活動，也常在她言談中有剴切的期望：希望國民黨黨員，要效法先烈先賢以救國救民為職志，既入黨就要像個黨員，不要利用黨的名義做出假仁假義的勾當。固然愛國，敬愛領袖是每個國民的天職，而身為國民黨員的我，對校長的人格、榜樣，一面深感慚愧，一面對她的德性更加敬重。

屈指算來校長離開我們已是第六個年頭了，在我的腦海裡時時浮現她老人家的身影，和她為人處事的點點滴滴，都值得我們懷念和學習。華興有幸，以往歷任校長，都留下許多規矩和風範，讓後人追隨與學習，這是華興之福，更是我個人覺得幸運，遇到這許多好長官，雖然校長與我們華興同仁共事九年半時光，我薄弱的體會力、記憶力，沒有領悟到的，記得的，必然很多很多。我寫這篇短文時，並沒有請教老同事，因此遺漏不周之處必然很多，還請同仁們原諒，同仁們看到這篇短文必然喚起許多記憶，記得一位可敬的長者許多過去的往事。可不是嗎？

03

第三章

感佩

以下各篇刊載於白毅校友的「戀戀華興」部落格

一、華興的另一主力——張磊平主任

朱主任承杰兄不幸日前逝世，我在追思禮拜上代表當年華興老同事校友講幾句話，會後葉國輝老師要我把講稿留著，將來放在球隊隊史室云云。在這個過程中，我想起一樣對華興有許多貢獻的張磊平主任。張朱兩位當年都從軍中退下來，都在行政機構服務（朱在省政府主計處，張在雲南省政府李彌將軍處）。黃院長接任以後，求才若渴，我的印象中朱主任是黃院長弟弟黃德成先生推薦，張主任是院長好友羅衡委員（雲南籍立法委員，西裝革履，女扮男裝）推薦。他們當年都才二十幾三十，年輕有為，生氣勃勃。華興初創百廢待舉，可以說一切典章制度等待建立。

黃院長常說：「我擔任過大學訓導長、教授，沒有辦中學、小學經驗。」民國四十四年秋，我到華興不久，有一天她叫我陪她到北投省立臺北育幼院（現在北投捷運站南側）見院長張雪門先生，張浙江寧波人，北師大畢業，是北平香山育幼院院長，香山育幼院當年非常著名，張則是一位著名的教育家。見了第一次面以後，若遇問題，黃院長常叫我下午沒有課的時候，單獨前往求教。

我們華興若干做法觀念是他指導的，我記的最牢的如：建立家的形象、遊戲是孩子生活的一部分、孩子在地上打滾，衣衫不整，沾了泥巴是正常現象等等。也由此我們知道黃院長是一位虛懷若谷，求好心切，肯做事勇於求教他人的長者。

張主任來的時候不是主任，但他擅長文書業務，那個時代沒有電腦，所有公文份數多的，需刻鋼板油印，簽呈全部需要手寫，張朱兩位主任都寫的一手好小楷，張尤擅大字，華興標語、牌坊全出自他手。華興成立的時候總務主任王素蘭，後來是陸叔皓，兩位都是女的，陸主任的先生蕭忠國（留德，曾任師範大學教授）擔任實踐研究院第七組主任（掌管總務），華興要用車輛，研究院提供支援，他離開研究院以後，才改為情報局支援。

張朱二人都是工作狂，都是黃院長的得力助手，也都能言善道，辯才無礙，華興應興應革事項，他們贊成的話，可以說完成了一半。故我這篇小文稱之為「主力」意即在此，張主任不到晚間七、八點不會下班。張主任讓我印象最深刻的，是跟廠商議價，開門見山的說：「這是夫人辦的育幼院，是做善事、積功德的機構，你要以最低的價錢給我們，你要賺錢到別的地方去賺，我們不會抽你一根煙，而且給你的是即期支票。」我擔任校長時購物議價，如需要我出面時，我也如法炮製。

陸主任請辭以後，他升主任，文書請一位陸軍大學退休上校柳翼雲先生擔任，柳湖南人、文筆好，我們叫他柳夫子，大概民國四十八、九年間，夜裡還教過老師們一段時間《論語》，大概民國五十二、三年間病逝，接下來是唐維銘先生，唐紹興人，也以文筆見長，所以華興早期公文簽呈如果還在的話，可以見證此語不虛。

張主任為公家撙節財力、物力，當年所有食衣住行育樂給養、辦公用品，抓得非常緊，可以說搞得大家吱吱叫，那個年代經費來之不易，真正一塊錢當兩塊用，與今日不可同日而語。

張主任大概於民國七十二年退了，我擔任校長時為感念他的辛勞，曾派車去接他回學校，在早晨升旗後，學生代表獻花，我向在場師生們介紹他對華興的貢獻。今天看到亓樂義在E—mail裡說：「沒有朱主任，《蔣夫人與華興》將去掉大半，所幸他留下了美好的回憶。」可惜張主任早走幾年，否則《蔣夫人與華興》必更精采是可以肯定的。我在國外一段時間，每年耶誕節我們互有聖誕卡往返，後來他生病，我身體也不好，九十五年春與旅居在溫哥華的校友們聊起，徐銘山說：「王玉根跟我說：『張主任三個月前過世了』」。如今當年兩位暱稱為阿哥阿弟（張是阿哥、朱是阿弟）的華興夥伴先後走了，留下許多讓人懷念的地方，謹以此文讓校友們知道華興的老老師功在華興的點滴。

二、華興值得我們懷念的人——蔣興老師

前年朱主任不幸逝世，我寫了一篇悼念他的小文章，在追思禮拜上代表以前華興師生悼念他，後來又寫一篇〈華興的另一主力——張磊平主任〉，最近我寫〈值得我們感念的人〉，其中我提到神貫一老師，只因他與侯賀臣老師有若干因緣背景完全相同，寫侯老師自自然然提到神老師，沒有其他特別用意，特此說明。

人到老年總愛思念過去，我想再寫蔣興和徐老將（徐志達老師），早期同學不一定認識蔣興，後期同學不一定認識徐老將，我寫他們的重點是他們以院（校）為家的服務精神。

蔣興退役軍人，你看他像一頭牛一樣，不停地工作，黃院長時代的學校風氣，對員工的要求是：「認真工作、把學生當做自己的孩子、把院校務當做家務看待」，什麼上班八小時？有事就做，沒有什麼上班不上班。我想最主要是夫人的感召，黃院長一片真誠的帶領，還有大家那時都年輕有一股傻勁樂在其中。

蔣老師曾說當年他們退到金門，除了訓練還要做防禦工事，阿兵哥夏天只穿一條內褲工作，其艱苦可想而知。臺灣如果沒有國軍弟兄的犧牲奉獻，哪有我們今天的安樂？蔣老師一開始也是工友，他的認真被發現了，提升為職員，一直在總務組（育幼院的單位），也可以說是工友的頭頭，兢兢業業，勤勤懇懇，一年到頭，都可看到他的身影。

院既是家，家就有許許多多雜務，何況是好幾百人生活作息的地方呢？水電玻璃甚至哪裡需要整修一下等等，隨時都需要蔣老師自己動手或差遣他人，好在他終年以院為家。華興有兩樣東西若非因公損壞要賠償，同學們一定記得是玻璃和飯碗，沒有建立賠償制度之前，損壞的相當嚴重，在那個年代預算緊得不得了，而且沒有辦法預估需要多少，除了金錢之外，著眼點在培養同學們愛惜公物與責任心。玻璃損壞若叫玻璃店來裝配，不僅費時，加上工資，往往緩不濟急，因為明天早上九點就有外賓參觀，後來學校批來玻璃若干，由蔣老師負責裝配，這些工作都選在大家下課或假日人最少的時候來做。

他每每工作閒暇拿舊報紙練字，張主任退休，朱主任調往振興，學校寫大字的工作，有時請馬老師，有時就請他，後來他也退休了，但學校需要時，無論寫大字、或抄寫簽呈仍都要麻煩他，他也一如以往般有求必應。很不幸的是我在加拿大那幾年，他因病過世了，前幾年華興長青會我特別請蔣太太參加，無非是對老同事的一番懷念與追思。

三、華興孩子健康的守護神——毛祖恒主任

掛著二千多度厚厚的眼鏡的毛主任，相信沒有一個華興的孩子不認識她。也相信若干同學在院校情緒不穩，想家、想念母親而頭痛、拉肚子時，還吃過她的特效藥——「安慰劑」一表飛鳴。可見她是多麼善於察顏觀色，一眼就看出你是真的頭痛、拉肚子？還是只是鬧情緒？她不僅是一位華興孩子健康的守護神，也是一位親切的母親和老奶奶！

前幾天白毅懷念毛主任，要我提供一些資料，毛主任為人謙和有禮，保有一股中國傳統婦女的美德，在華興服務多年，不僅你們健康由她把關，我們教職員工、眷屬也是靠她細心照護，學校教職員眷舍裡的孩子都叫她毛婆婆。她是湖南長沙一所教會辦的雅禮護理學校畢業，那個時代能在那所醫療學校就讀，已非泛泛之輩。她先生鄭振華先生文學底子深厚（黃院長過世，毛主任寫的那篇悼念文，我相信是鄭先生的手筆），原是政府那一位首長的秘書，大兒子鄭兆？是美國某大學太空博士，大女兒鄭兆沅某大學畢業，篤信天主教，結婚以後曾住在她們家一段時間。次女鄭兆明師大化學系畢業，後到美國得了博士學位，小兒子鄭兆平中國海專畢業。據我所知華興眷村下一代只有她們家孩子成績最好。因為他大兒子在美他們全家陸續移民美國。

當年華興育幼院成立時，依照內政部「育幼院組織法」的規定，設以下四組：總務組、教保組、社會組、衛生組①。早期同學應該記得你們從前線戰地來的情況，那時蔣夫人幾乎天天或隔天就來巡視，關懷你們生活的點點滴滴、健康、學業等等，只差一個，沒有陪在你們身邊而已。可能她對當時的情況不滿意，未幾教保組拆為教導與保育兩組，教導組主任仍為王琳輝，保育主任請閻淑寰負責。閻主任抗戰期間在河南大學就讀，她跟許多知識青年一樣，國難當頭投筆從戎，到重慶後方參加夫人領導的婦女戰鬥團，到臺灣以後閻主任在北投薇閣育幼院②服務。最初的衛生組主任是陸兆雄，好像是國防醫學院調來的，醫生也一樣，不久換為毛主任，為什麼要換？我想可能是因應當時的需要，將教保組拆為教導與保育兩組，同時調整衛生組。這幾句話我只是臆測，是不是這樣？我不知道，如另有其他原因得罪了乞恕罪我無知。華興從那以後，調動的只是首長，很少調動單位主管，對我們這些主任可以說是恩待我們的，毛主任服務到屆齡退休。

毛閻兩位主任年齡相仿，最談得來，在校園裡常常看到她們二人的身影。黃院長所聘請的工作同仁都很年輕，二十幾三十幾歲，很多還是單身。只有毛閻兩位比較年長。閻主任有一個弟弟在空軍服務，她對弟弟及侄子極為照顧，弟弟及侄子後來都到美國，沒幾年閻主任也退休，到弟弟那裡住了若干時候。毛主任人緣

---

① 這個次第是組織法的次第。
② 薇閣育幼院董事長，即跟蔣夫人非常要好的林太太盛關頤，盛為清末盛宣懷之孫女。

好，在學校裡年輕同事把她當做長輩般對待，那時通訊不方便，國際長途電話費昂貴，有一年陳珊瑚老師特地到美國探望她們二位。不久以後傳來的消息毛主任過世了。我到溫哥華仍與鄭先生有聯繫，後來我自己的健康也有問題，才漸漸沒有再往來。

民國五十五年政府推行國民住宅，黃院長特地向蔣夫人要求興建十戶眷舍，向陽明山管理局申請自己的地，建築費每戶九萬元，分十年攤還，那時候我們正是兒女幼小，家庭負擔最沉重的階段，宿舍大大減輕了我們的重擔，使我們生活安定，很可惜我們十戶人家搬進去僅僅半年，黃院長卻一病不起，而且這半年她一直在病中，沒有到過我們的新家，真正是她種的樹我們乘的涼，功德無量啊！

我前面為什麼說毛主任有一股中國傳統婦女的美德呢？因為鄭先生非常有福氣，他喜愛杯中物與朱主任最談得來，話匣子一打開可以聊上幾個鐘頭，毛主任服侍他無微不至，鄭先生是茶來伸手飯來張口，那麼酒與小菜毫無疑問就是毛主任細心籌備張羅的，鄭先生享受到老太爺的福分啊。毛主任常常把泡過的茶葉曬乾留著填枕頭，我有段時間脖子疼痛，她教我不妨試試。她前面的三個兒女，大的有一年回來，黃院長請他到禮堂演講過，他們搬到眷舍以後好像只有兆平在身邊的時間比較長。我這篇小文談了許多題外話，也是一些華興考古資料，隨文順便帶上一筆，讓對華興往事有興趣的同學可作為參考。

二〇一三年十二月十日

四、華興值得我們感念的人——侯賀臣及神貫一老師

我既然寫了汪香蓮，應該再寫兩位值得我們感念的人，一位是侯老師侯賀臣，另一位是神老師神貫一，他們兩人都是山東人，當年他們在家鄉都是地方士紳。侯老師師範畢業，那個時代除了大都市，一般較為鄉下的國人，能夠接受中等教育，表示他的家庭、個人都是地方上的佼佼者、大戶人家。

抗戰時期留在淪陷區做抗敵工作，抗戰勝利實施憲政，他們擔任地方公職，侯老師是滕縣某一個區的區長，神老師是某一個鄉的鄉長，他們沒有來華興之前並不相識。大陸淪陷，軍公教人員的下場之悲慘，同學們年紀小甚至還沒有出生不知道。所謂兵敗如山倒，成則為王，敗則為寇，他們的處境，不是立即遭到處決，死於非命，就是被鬥得死去活來，或送去勞改營，一待幾十年。侯神二人在大陸都有家室兒女，在那個混亂逃命的年代，還好跟著難民潮流浪到香港，住在「調景

嶺」，民國四十二年到臺灣，四十四年華興成立，他們到華興，侯的職務是門房看守，神的職務是廚工，後來黃院長調升他們為職員。

華興待遇不高，在夫人領導的機構服務，覺得與有榮焉外，且供膳宿，生活安定，特別是單身，同時校區環境幽雅清靜等等特殊的條件，都是十分誘人的地方。那個時代的人，人在臺灣，心在大陸，特別是親人在大陸，生死未卜於心何安？！每每午夜夢迴，淚濕衣枕，呼天嗆地，奈何！奈何？日復一日，年復一年，這是大陸當年追隨政府來臺的人普遍的境遇。

侯神二人他們好像都是六十幾七〇年前後，年滿六十五歲按規定須退休，當年所給的退休金，好像只有二三十萬，主要是他們都沒有房產，生活艱難不難想像，神老師後來在萬華愛愛博愛院，我去看他好幾次。在學校時他曾幫我好多忙，特別替我求來好幾幅當年名人的字畫，如于右任、閻錫山、梁又銘、陳丹誠等，他好像是七十二年過世，那時還沒開放探親，無法跟大陸聯絡，遺骸骨灰寄放在愛愛博愛院，在六張犛的靈骨塔裡，前年七月半我在民權東路佛光寺參加他們的超度法會，紀念大陸親人及親朋好友，其中就有神老師，我不是基督徒，也不是佛教徒，但我拜祖先。

侯老師老運好一點，也就是長壽一點，政府開放探親，他回大陸，且得到家人的歡迎與照顧，後來也過世了。我退休後，捐一點錢成立「華興育才教育獎助學金」，承蒙當時好幾位主任、老師協助，圓滿達成任務，感謝他們。難能可貴的是侯老師遠在家鄉還記掛著我們華興同學，拜託他在臺灣的老鄉三四個人把七省八省下來的七萬塊錢（好像是這個數字）專程送到華興來，我記得我在會議室接待他們，我也記得我曾寫信謝謝他，他有沒有回信我忘了，過一段時間據說他就過世了。侯老師的七萬塊錢非同小可，平時在學校你看他穿著就知道他是多麼儉樸克己的人。所以這筆錢比別人的錢大得多，情義之深之厚更是難以表達！

五、華興值得我們懷念的人——徐志達老師

徐志達老師，據我所知，他年輕時正是國家多災多難的年代，他原來是浙江省立體專畢業，因日本侵略我國，他投身中央警官學校，後轉戴笠將軍領導的別動隊（好像是這個名稱），專門負責除奸殺敵（奸：漢奸；敵：日寇）。來臺灣後，他本來服務於陽明山革命實踐研究院，後因改組，蕭忠國先生介紹他到華興。華興初

中部成立時，女生由閻主任兼管，男生請徐老師擔任生活管理。

徐老師是一般同事對他的稱呼，多半以「老將」稱之，這個稱號好像是張主任或朱主任給他取的，他也樂於接受。據說他哥哥徐志勖將軍擔任第九軍軍長，大陸撤退兵荒馬亂，他被任命為少將，所謂「老將」就是這麼來的，後來國防部整編，許多軍官階級被縮編。

徐老師曾說，他到華興服務是贖罪的性質，他過去殺人（都是漢奸日寇）太多，希望全心全力為國軍弟兄遺孤服務，彌補內心的內疚，這件事情他在我面前提過好幾次，老一輩人多半相信善有善報、惡有惡報的因果關係，也可以說人有天生的「良知」，故古人說：「人之初性本善」，徐老師正是這種人，值得我們欽佩。抗戰時期他曾被捕受盡酷刑，甚至後來無法人道，所幸老命還在，到臺灣若干年以後才漸漸恢復，那一代中國人犧牲奉獻慘痛的代價是多麼大啊！同學們，天下太平是多麼珍貴！

十幾年前我曾讀過有關張學良的一段文字記載，張說：他年輕時曾問過一位高僧，「殺生」要如何對待？高僧說：你是將軍元帥，「殺生以生人，無過。」，但「生人而殺生，不可。」。可惜我讀這句話時，徐老師早已不在，否則，我相信，他明白這個道理而會釋懷的。他說初來華興，一心只想全心全力為華興服務，曾有好幾年沒有回家。還有一點就是，他太太做一點菜或送換洗衣服來學校，只准她到後門，不准她進來，為什麼這麼做？我沒有問他。徐老師待人熱心，可惜不會廚藝，連最簡單的稀飯都不會煮，後來徐賢德（徐老師的大少爺）到美國經營餐飲業，做得一手好菜，一九九八年我在洛杉磯，他客氣請我一家吃飯，假使徐老師長壽能吃到他兒子做的菜餚，那是多麼開心高興的事啊！

因為他與情報局淵源深厚，同學們每月有一個周末可以看電影，都是他請情報局支援的。有一次周會，他請情報局一位扒竊高手來學校講演，那位先生在臺上講演告一段落後，下臺來到老師同學間和大家握握手寒暄兩句，然後再上臺，問：「現在幾點？請看看錶！」被握過手的人，手錶已不翼而飛，他從袋裡掏出七隻手錶要大家上臺認領回去。因為他是中央警官學校畢業，臺灣高級警官（至少縣市局長、督察長）幾乎都是他的小老弟晚輩，他不喝酒但愛抽煙、喝茶，經常去他們那裡串串門子，天南地北泡上半天，甚至到深夜才回來。同事中知道典故軼事最多的就是他和朱主任，他善辯，黑的可以辯成白的。

蔣興與徐志達兩位老師，都已離開我們好多年了，但在我腦子裡，卻經常還浮現著他們的身影和點點滴滴。

六、懷念華興兩位老同仁

二〇一二年十月二十三日

看到白毅刊載方怡仁先生的文章，一時間，方水泉教練、廖昆治老師，他們兩位的身影又浮現在我的眼前，時間好快，方教練離開我們十二年了。毫無疑問方教練是華興棒球隊成名的締造者，而廖老師則是華興樂隊的締造者。每一個團體都需要默默奉獻者，方、廖二位老師給人的印象就是這一類型的人物。廖老師離開學校，介紹他的學生耿老師接替他，後來，我們疏忽了沒有跟他保持聯繫，以致不知他以後的情況如何？

方教練是國家級教練，各位可曾看到他耍大牌？或目中無人那種傲氣？他那種文質彬彬，謙卑恭敬有禮的形象，任事一絲不苟的態度，是我們華興棒球隊成名的主因。同樣地廖老師也是如此，廖老師來校大約是民國四十四年秋冬或四十五年春，早期樂隊同學應該記得。他本來是開南商工的樂隊指導老師，華興成立，外賓造訪頻繁，原來的鼓號樂隊，似乎太過簡陋，我不知道是誰介紹廖老師來校任教的。

方廖二位老師都不擅言詞，稟性敦厚，克盡職責，潔身自愛，從來不需要主管單位要求規範，他們都有一股恨不得全部奉獻給華興，我相信他們在自己服務的單位也是如此的，都是標準的公務人員，絕對是模範人物，值得我們尊敬和學習。特別是在今天我深深的懷念他們，他們曾是社會的中堅磐石。

故當年大老謝國城先生敢推薦他們三位（另兩位是陳秀雄及杜勝三）來華興擔任教練，一定深知他們為人處事及球技都是一流的，華興球隊同學有福氣啊！能得到他們的教導，也因為同學們自己虛心學習，造就了自己，才有這許許多多棒球界精英人物或工商界知名人士加持，「華興」的知名度更因此錦上添花，而聲名大噪。我相信他在天之靈看到你們的成就是多麼的欣慰！

早年華興的參觀賓客眾多，每每需要樂隊迎送，廖老師可以說是隨叫隨到，特別是華興地處郊外交通不便，他們到華興上班不方便可想而知，遇到風雨艱難更多，不知道花費他們多少寶貴時間在往返交通上，廖老師下課已是晚間九點，不像現在機、汽車來去自如。華興給的待遇鐘點費不多，我相信他們不是為鐘點費，而是抱著為華興服務、傳承自己的特長乃神聖的任務，是一種榮譽心驅使著他們竭盡心力。我紀念懷念往昔與我共事過的兩位老師，謹以這篇短文表述他們的風範。希望我們華興人將他們的精神發揚光大。

二〇一三年十二月十日

七、華興值得我們感念的人——汪香蓮校友

我在華興濫竽充數四十年，荷蒙夫人、董事會、歷任校長、同仁及同學們愛護我，使我人生中留下許多難忘的美好回憶，同時老天憐惜我，退休至今匆匆已滿十八年。年初我曾主動告訴李菊花理事長，如有機會我要寫些我認為值得一寫的華興人和事，這張支票沒有兌現，實在不好意思。

昨天我突然想起汪香蓮（小學第四屆），她不幸已過世好幾年，我覺得我應該寫一篇小文章紀念她才對得起她。事情是這樣的，民國八十四年，那時我擔任校長，她在內湖開一家照護老人的養護所，照護好幾位老榮民弟兄，其中有一位叫湯少雲先生（湯先生年籍、照片資料不知道有沒有留在華興檔案？），湯自知來日無多，有感於香蓮這麼熱心親切照顧他，猶如自己的子女一般，無以為報，願意將座落在北投區新興路六十四巷內一棟小房子送給她，香蓮不是貪財的人，建議他何不

捐贈給蔣夫人創辦的華興育幼院嘉惠學子，意義是多麼深長？湯先生那一代的國軍弟兄敬愛老總統、敬愛蔣夫人、熱愛自己的國家是出於本性，聽了香蓮的話，欣然同意。

當時除了湯先生之外，好像還有一位在新店也是十分感人的善心人士，對華興有所貢獻，那時我很想做兩件事，都有紀念性的，其一是從操場靠女生宿舍下方斜坡做一條石頭砌的臺階小路，通到上面馬路。同學們一定記得你們以前在學校遇到體育課第四節下課，或傍晚課餘運動解散，要回宿舍或餐廳，往往偷懶不走前面馬路，喜歡爬沒有路的斜坡，這條小路是我當時想要紀念他的「少雲步道」，即使這麼一件小工程，總得花費幾萬塊錢，還有一件是什麼工程我忘記了，即是要紀念另一位先生。

當時華興情況：夫人遠在美國，辜嚴董事很長一段時間也在美國，華興預算緊得不得了，那有錢做呢？沒來得及處理我就退休了，但我一直記掛在心頭，關於這件事，最清楚的是當時總務主任林從海。想到汪香蓮自自然然想到這件事，同學們，汪同學愛護華興，敬愛蔣夫人、敬愛勞苦功高，孤伶伶終其一生的退除役官兵，當時有沒有致贈一張感謝狀給湯先生及汪同學，我都忘記了，香蓮離開我們已好幾年，聽說校友會曾邀請她少爺參加華興中學校友會，真是有情有義的善舉，值得肯定與讚揚。又聽說她媳婦蔣嘉媛老師在華興擔任英文老師，香蓮地下有知是多麼高興與欣慰。

上個月臺灣名詩人蔡鼎新先生為郵局發行蔣夫人逝世十周年紀念郵票，寫了四首詩，其中一首頌揚夫人創辦華興，裡頭有兩句勉勵嘉許我們同學：「華興幼幼恤遺孤，澤愛無殊雨露濡；熏育成材為國用，齊賢繼志展雄圖。」我把我們許多同學的成就告訴他，他非常驚訝的說，華興培養這許多傑出人才是他從來都不知道的，我告訴他這都是夫人的愛及黃、江、陳、談多位校長打下的堅實基礎的緣故。

同學們「齊賢繼志展雄圖」，香蓮的作為不就是一位華興標竿的人物嗎？她雖然不在了，而所留下的德行卻值得我們學習。

二〇一三年十二月十日

八、華興值得我們感念的人——蔡媽（蔡祺貞女士）

第三位我覺得同學們應該知道的是蔡強（小學第十二屆）的媽媽，蔡媽是照顧夫人一輩子的老媽子，沒有兒女，她認養了蔡強，提到蔡強，若干同學一定知道，如果他受教，應該是非常有福氣的，可惜太過倔強，不守校規，黃院長想盡辦法保護他，還是沒有辦法，那是他心不在華興，華興做到仁至義盡的地步了。

蔡媽年老退休後住在士林台電北郊分處對面，現在是聽障兒童矯正單位（名稱我不確定），她過世後，那時蔡強已不是她的養子，自然沒有繼承權，後來夫人把那棟房子交給華興，有一年院校分產，董事會把它分給中學，我覺得同學們應該知道這棟房子的來龍去脈，才合情理，特別是後期同學。

夫人不在了，許多老同事逐漸凋零了，許多值得記一記的事，如果因此而煙消雲散，若干年後恐怕沒有人知道，後死者如我覺得有責任把它記下來，或許將來有心之士，想要一查究竟？說不定可作為一鱗半爪的依據呢！

「戀戀華興」（部落格名稱）補註：

「蔡媽，是宋美齡抗戰之前在南京雇用的一位隨身女侍，她的名字叫蔡祺貞，江蘇省揚州人。初到南京黃埔路官邸時她只有十七歲，她在宋美齡身邊服務了一輩子，最後跟隨宋去了臺灣，並且病死在臺灣。因此，蔡媽可稱得上是宋美齡身邊感情最深的女侍之一。」

二〇一四年七月二十七日

九、關於李紹麟主任

我到南部親戚家好幾天，既沒開電子信箱也沒到「戀戀華興」部落格觀看，今天打開一看，哦！滿滿的，既有白毅的暑遊阿里山照片，更有蔣亨克〈終身華興情的李紹麟老師〉及尤保善的〈懷念第一個送我『鴨蛋』的人——李紹麟老師〉，看了蔣尤兩位同學的大作後，為使華興校友讀者對李老師更瞭解些，我不揣譾陋再加補充，且從若干華興往事說起。

當年華興小學第一屆畢業生十人，全數考取初中職（見《華興三十年》第四十三頁），那個時候從戰地前線來臺僅僅一年時間，十人全數考上，我不得不豎起大拇指說：「贊」！不容易哩！你們把華興第一槍打響，無怪第二屆同學到了初中畢業跟著彈無虛發，出了四個榜首，這些都是華興之光，好像沒有再打破這個紀錄的。

民國四十七年黃院長請求夫人准許成立華興中學，解決第二屆同學升學問題，同年四月下旬黃院長派李紹麟、張磊平、林建業、朱承杰四人為籌備委員（見《華興三十年》第四十四頁），朱林是四十四年下半年到華興，張是四十五年春到華興，當時華興重要幹部中，沒有人具有中學的教師資格，中學教師並不是大學畢業就行，需有教師合格證，同時要黃院長信得過的才行，於是只有外求，而李紹麟是黃院長好友郭驥（郭字外川及其夫人袁樞真師大藝術系教授，是黃院長留法最要好的同學，也是黃院長結婚婚禮的總幹事），郭是陳故副總統的左右手，退休後曾擔任「臺北市浙江同鄉會」理事長多年，在臺北石碇小格頭的「浙江同鄉會花園公墓」就是在他手裡建立完成的。郭的侄子郭牧並（在黃院長有關照片中常常有他的身影，他就是華興早年社會組老師黃桂珍的先生，不幸前年病逝）與李紹麟是師大英文系同班同學，故李是郭介紹到華興擔任華興中學創辦後首任教導主任（中學三班以下編制稱教導主任），大概民國五十年前後，大溪地（在夏威夷附近）僑校徵選校長，李應徵應聘前往任職，究竟什麼時候到美國？我不知道，一九九七年春我跟多位同事及許多同學到紐約為夫人祝壽，是李離開華興以後第一次見到，不意過了幾年便聽到他逝世的消息。李來華興之前在那裡任職我不知道。蔣文談到李老師與在美國同學許多互動消息，讓我知道老同事晚年的一些事，其實他並不大，年齡應該跟我們幾位(張朱林)不相上下。我愛胡扯（東拉西扯），可能可以讓關心華興早年一些陳年往事的同學有所幫助。

十、大時代，小人物

白毅看到一張華興老照片引發他寫「老郭，放熱水！」記述兩位華興老工友，長年勤謹任事表示追懷感念，這是好事。巧的是我對這兩位老工友的背景略知一二，我想打鐵趁熱，不揣譾陋也來湊上一腳。郭德增就像李菊花他們提到的張教官一樣是十分有來頭的，這裡恕我不提張教官的事，而郭若仍健在的話，總在九十五歲以上，甚至百歲。而老周則約十年前已不幸病故了。

老郭是江西老表，大陸土地遼闊，抗戰時期省下設好幾個行政督察專員，管轄好幾個縣，經國先生曾任贛南某一區行政督察專員，因政績斐然被譽為蔣青天。抗戰時期許多政府機構往往借用地方祠堂廟宇或民宅，郭家是地主，房舍很大，蔣專員就住在他們家，同學或許會問：「環境那麼好，起碼大學畢業，怎麼會當兵？」以前教育不發達，財主有田有地，兒孫未必受過很好的教育。大陸赤化後，郭家境遇可想而知，他得逃脫隨軍來臺，已是萬幸，一如張教官他並沒有攀龍附鳳。

同學們知道華興許多職務是不能一天沒有人做的，如蔣興管米的出納，三餐需開庫房發米、醬油、食油等等。老郭負責燒熱水，工作看似很輕鬆，但他一天都不能離開。學校有棒球隊後，他們在大操場練球，練完後都需要有熱水洗澡，同學們一定記得，老郭三兩天就要挑兩個黑漆漆的鉛桶來回奔波，那是柴油。他究竟什麼時候離開華興？後來怎樣？我記不得了。

白毅提到的「大豹」，我看那照片的樣子跟工作應該是老周，周鼎光，廣西人，抗戰徵兵入伍，而且剛剛結婚不久，他對華興最大的貢獻除了維護環境整潔外，最重要的是安全。那個時代華興的安全不能疏忽，按照政府的規定，凡重要慶典時期，機關學校需要有人通霄值勤，老周晚間十時以後負責巡邏院校區，非常負責不需他人監督。他退休以後住在桃園八德榮民之家，我去看過他好幾次，我坐公車去，他堅持雇計程車把我送回桃園，每次都是如此。後來我擔任校長就再也沒有去看他，之後我又到加拿大幾年，等我回來穩定下來後想再去看他時，他已逝世三年了。

二〇〇一年我到溫哥華，華興退休老師潘怡懷也在那裡，我想去看她，一天拖一天，始終沒有去，後來趙教官來聊起潘老師，我邀他一起去拜訪，他說她去年過世了，可見有些事，說做就要馬上做，否則空留遺憾永遠挽回不了。我對這兩位老同仁，到現在仍覺得虧欠無法釋懷。

我為什麼說大時代？大陸淪陷退守臺灣，這個變化是多麼的大，幾十年前袁先生（黃院長的先生）曾說：「不要發牢騷，我們能活著是多麼幸運，想想多少人比你我聰明能幹卻死於非命，我們要慶幸還活著。」同學們，你們是第二代，沒有經歷過這一段苦難。臺灣因許許多多無名英雄，如華興這些工友，他們奉獻自己一生，沒有舉牌抗議，沒有走上街頭，沒有丟鞋子，沒有凡事謾罵責怪，默默的站在自己工作崗位上，你看他們逢人始終微笑，內心是和平、是感恩，沒有抱怨懷恨，了不起啊！他們是一群讓人肅然起敬的老兵，他們是臺灣奇蹟的尖兵。

十一、我欠許多同學的人情債

校友周玉燕及白毅六月間傳來牟呈華校友（小學第二屆）榮獲中國國民黨華夏

獎章的消息，值得高興，同時使我想起許多往事，茲不揣讓陋以〈我欠許多同學的人情債〉為題，略述許多校友這許多年來所給予我的許許多多招待與贈與，現在讓我娓娓道來：

一九八八年七月上旬，旅美華興校友牟呈華回到母校拜訪師長，其時談校長（談太僞）到職才一年多，我陪同他拜訪校長，牟呈華究竟歷練不同，他向談校長簡報他預計在達拉斯要創辦一所中文學校，將取名「華興」，並遞一張名片給談校長，說如見到夫人請代為請安。沒想到談校長果然將他的名片轉呈上去，不數日游秘書（游建昭，是夫人的秘書，辦公室在臺北市寶慶路二號。）來電話說，夫人要我於某日某時陪同牟生及他女兒到士林官邸見她云云。

在那次晉見裡，想牟生及珍屏小姐一定印象深刻，因為小客廳裡只有我們四人，牟生除了向夫人報告在僑居地德州達拉斯即將創辦一所中文學校傳播中華文化，並將取名「華興」。夫人除了嘉許外，十分有趣，還勉勵珍屏小姐將來結婚要嫁給中國人。夫人親自切蛋糕招待我們，剩下的蛋糕並打包要我帶回家給我家孩子們享用，我沾光在那次拜會裡，夫人並親自送我一支崁有「蔣夫人贈」四字的手錶，我始終沒有戴過，留做紀念。

牟生回到美國以後不久，果然很快就轟轟烈烈地展開招生及開學工作，他在國內學的不是教育，竟然辦起學校來，而且是在國外，談何容易！一九九九年春，那時我已退休四年，牟呈華、羅鳳蘭夫婦邀我夫婦專程赴美參加華興中文學校成立十周年校慶，不僅機票是他買的，而且住在達拉斯他們家裡，把我夫婦待為上賓，吃在他經營的餐廳。校慶的那一天，熱鬧非凡，不僅當地有頭有臉的人物全部參加此一盛典，其時已有學生兩千多人，各項表演、作業成績展覽等等，絕不遜於臺北的大型中等學校。

我夫婦在達拉斯停留十天，他夫婦帶著我們到處遊玩，到南方的黃院長治癌的休士頓、太空梭及他兒子立平就讀的德州大學等處遊覽。接著陳友青、陳愛玲夫婦邀請並陪我們去他在新墨西哥州阿布奎基（Albuquerque）市遊覽，他在那裡經營三家餐廳（其中一家是跟牟生合作），我們參觀第二次世界大戰美國最後用以降服日本的原子彈實驗場所及成品並遊覽附近名勝，還送我們許多當地特產等等，一樣吃住全在他們家裡，在Albuquerque待了一個禮拜，愛玲說話輕輕的，待我們如父母般，有一對兒女像他們父母溫文典雅，令人印象深刻。

關於為夫人祝壽

夫人是我們華興大家長，早期畢業同學應該記得以前老總統及夫人華誕，院校只在校園裡舉辦一系列學藝慶祝活動，前晚舉辦暖壽晚會，當天設置壽堂、簽名祝壽、吃壽麵、壽桃，技藝班同學製作實用的手工小玩意兒做為壽禮。校長率各單位主管到士林官邸簽名行禮祝壽，別無任何舉動。直到一九九一、二年的樣子，報上看到遺族學校學生在美國紐約為夫人祝壽的消息，於是燃起我也想組團前往的意念，但華興根本沒有這筆經費，我們怎麼好意思上簽呈要求夫人撥經費給我們為她祝壽呢？豈不挨罵自討苦吃！且不敢離開崗位，放下幾百位學生跑到美國去，假使有事如何是好？直到我一九九六年一月退休，才有機會與國內外華興校友好幾次前往紐約的祝壽之舉。

華興老師經濟情況好的少之又少，且老師們都是兒女成群，只是溫飽而已，談不上寬裕。承蒙管家姊妹及牟呈華夫婦、陳長龍他們號召國內外同學出錢出力共襄盛舉，且好幾次勞駕秦董事幫忙選購禮物，每次她都跟周牧師先我們抵達紐約陪伴我們，去年我寫《蔣夫人與華興》的後記，因限於字數，沒有將秦董事多方熱心幫忙的事加以表述，甚感虧欠，茲借華興校友會園地補充說明，並向秦董事說聲感謝！

參加祝壽的師長除機票外，一切膳宿、旅遊完全由校友們提供，同學們輪流請老師們用餐，或集資分攤各項費用，我無法在這裡一一敘明。我也曾兩次住在美國管家姊妹（管聞鶯）家，連茅校長也住在她們家打攪了好幾天。此外管家姊妹甚至多次協助我住在上海管飛霞家，還由他們公司派員陪同我們遊覽名勝，還替我買了許多家用物品，棉被寢具等，並派她們公司的車輛送我們去昆山。

退休以後我異想天開，與友人曾在昆山購一幢公寓頂樓，打算穩定以後，倘徉在無憂無慮的天地裡歡度餘年，所謂人算不如天算，乃至理名言，不意二〇〇六年我卻身罹重症，想到一位吳姓同學在杭州的房子，在他死後，竟無緣無故被沒收的往事，當年我差點沒命，其時年已八十一歲，為免生枝節，於是匆匆之間把房子處理掉，都是管飛雲姊妹從旁協助，順利解決。

我是鄉下人，小時候跟隨父母在寧波，後來父親不幸病故，祖父把我們母子接回老家，尤保善同學十分有心，去年特地跑到泰順參觀廊橋。

古代泰順分屬瑞安、平陽兩縣，明初才設立縣治。泰順是山城，宋元間政局紊亂，許多文人雅士遷往隱居，所謂「八大家」，林氏是其中之一，《泰順縣縣誌》〈泰順分疆錄〉有詳細的敘述，臺北市溫州同鄉會第一五四期會刊〈溫州百年老校〉，敘述明清期間泰順書院興盛，不遜於其他縣份。

華興學生忠愛國家、敬愛領袖，自是有其時代背景的因素，陳長龍、牟呈華，管氏姊妹、潘力行他們許多忠黨愛國的事蹟，我只是偶爾聽到一些而已。牟呈華在當地熱心僑務，僑委會委以僑務委員已連續好幾屆，此次他榮獲華夏獎章，可以說是實至名歸。管家姊妹熱愛國家和母校，我相信校友們不僅耳聞，而且親身體驗。陳長龍的愛國行動，不論在國內國外，更是無役不與，都是轟轟烈烈的。日前我跟他通電話，我告訴他四月間，華興校友會，蔣方智怡女士應邀蒞臨參加，不意在海霸王餐廳門口，被一輛計程車轉彎不慎撞倒，臉上身上多處受傷，無法再到會場，其時適李主任到達，目睹一切，很快將情況告訴我們，待我們下樓，她已坐在路邊花壇邊沿休息，因她不願當時即到醫院檢查，吳俊明會長必須主持大會進行，因長龍不在，由我及校友劉若文送她回家休息。當劉同學扶她上樓時，我順便問這位肇事司機（姓官，年約六十歲，留有電話），被你撞倒的是誰你知道嗎？司機說不知道。我告訴他她的身分，並說你看她是多麼謙讓，原諒他人，沒有半句責怪、生氣、謾罵，其實他們三代都是如此的，社會上有的人顛倒是非，描述蔣家人如何如何！今天你看到了，他們是不是那副德性？官司機表示他明白，並對蔣方女士的寬容表示感謝！並說：若需他負責，他願意承擔云云。

長龍說：多年來因蔣老總統日記開放，史學家郭岱君先生現在美國主持重寫抗戰史云云。我想有關這一類消息，我們華興人聽到是十分高興的，歷史最主要的是還原真相。可惜黃院長過世得早，如果她在，你們許多愛國的表現，一定會相得益彰，會有錦上添花的效果。

在夫人祝壽期間，許多同學待我如同親人，如余玲、余千千還有其他多位同學，蕭老師夫婦，在這裡我還要提一提陳念萱，夫人祝壽她每次都參加，吳穎虎在夫人紐約出殯大典時，特地從臺北趕去參加，吳穎虎多次請我夫婦到他和平東路寓所參觀，琳琅滿目的古董，及收購秦松老師那幅認為有問題的畫作（秦松是我北師同學，低我一屆，也是我介紹到華興服務的），事業正如日中天時，不幸英年早逝。在美參加祝壽活動的許多同學，並非住在紐約當地的，而是遠從其他各州，放下手邊工作趕來參加的，都讓我印象深刻。

這些年來我不僅吃同學們很多東西，也有穿的、用的，實在不好意思，下面就我記憶所及，略述如下，我相信有的我已忘記，如沒有述及的，請同學們原諒。我在溫哥華那段時間裡，校友李志明、徐銘山、王尚利就在溫哥華，李徐二人都擅於廚藝，就像林蘭、管飛雲她們一樣，常常拎著大包小包，徐銘山甚至一鍋一鍋的送到家裡來，不知道吃了他們多少，用了他們多少東西。除他們以外，王晉堯也是一樣，不僅吃他東西，並接受他許多名貴相機、錄影機；也曾接受陳秀福、尤保善、蘇彩香、潘力行、馬才寶、張崇芳、梁景岳、牟呈華、梁友法、陳玉蘭、王尚利、王麗燕、江榮華、江冬英、伍正才、王冬富、周中俞、吳小春、李邦元、沈春香、邱鴻富，顏連秋、陳永樂、梁春娥、洪福秋、周漢培、王德富、羅鐘梅、周玉燕、吳恩寶、吳侃、陳樹人、嚴明傑、陳正義、陳國光、吳慧欣、朱少清、鄺夏法、唐勝民、楊興玉、陳玉明、陳玉鳳、林立勝、林志輝、蔣亨克、方顯光、孫金鼎、溫金明、郭永宗、王清檥、戴漢昭、許永金、蔡榮宗、白昆弘等人的招待與饋贈，實在不好意思。

我小時候母親常常告誡我們兄弟，不可隨便拿人家或吃人家的東西。否則，你下一輩子要做牛做馬的還給人家。每當同學請吃東西或贈與的時候，母親的叮嚀不經意地就會浮現眼前，我也常常將母親的話轉述給林、管、徐、李幾位同學聽，他們總是說：「哪兒會?!」來安慰我。

今天我藉此機會，掬誠的感謝你們，對於你們的招待與饋贈，我愧不敢當，為遵循母訓，為免增加我的心理負擔，我要鄭重的向你們說：「謝謝！再謝謝！」。

04

第四章 以畫育人

一、華興現代畫的開拓者——蔡遐齡

二〇一四年五月十六日

蕭明賢老師贈畫給華興一事，牽引出華興當年美術教學的許多往事來，白毅的「華興育幼院學童美術作品在巴黎展覽」即為其一。蔡遐齡好像是民國四十六年來華興，他是遺族學校學生，老總統和蔣夫人早就認識他，他在北師不是念藝術科，是普通科，到華興教美術可能因他早期是李仲生老師的門徒之故（但他不是東方八大）。但華興的現代畫教育毫無疑問他是開拓者，相信蕭老師也是他介紹到華興的，因為沒來華興之前我不認識他們。

蔡遐齡醉心於現代畫創作與理論闡述，說的頭頭是道，起初我們姑且聽之，一個人的成功要有所謂的天時與地利搭配，他得到了華興這塊園地，使他創作—教學成果與理論有發揮的空間而大放異彩，證明他的現代畫理論是對的，不是亂蓋的。

民國四十七、八年正是華興訪問外賓絡繹不絕的年代（曾有一天三、四批的紀錄），他們看到孩子們的作品，驚豔到讚不絕口進而愛不釋手。所以我大膽的說，蔡遐齡是華興現代畫的開拓者應當之無愧。他是五十年夏天出國，可惜他到法國以後，起初還有聯絡，過幾年漸漸失聯，包括他那群好朋友也都不知他的下落，十分可惜。

昨天我向管飛雲求證那張照片是不是她？沒錯是她。作畫的時間點應該是四十六年冬或四十七年春，因為她們的穿著還是育幼院學生的服裝，四十七年夏他們小學畢業了。同時她說那張作品是曾參加西班牙馬德里展出獲獎的作品。

中央日報記者報導評論此一參賽者人數之多，水準之高而嘉許：「……如果今後他們能繼續在藝術上從事努力進取，很可能有幾位在此領域，出人頭地。」按國民教育宗旨，德智體群美，美只是陶冶審美創作能力、和諧協同態度的培育，至於培植更高的創作應該接受專業訓練。

二、臺北「東方畫會」在華興滋長開花

華興育幼院因創辦人的緣故，四五十年代來華訪問的外賓頻繁，他們逗留中華民國可能只有短短的兩三天，在國民教育及社會公益慈善事業這些區塊，中央部會往往安排女賓參觀華興。那個年代資訊還不發達，大陸鐵幕低垂，為了要讓賓客領略「中國教育內涵與特色」及「中國育幼院事業」，因此華興必須提供足以代表中華文化特色與實用性（若干課程配合孤兒就業需要）等為著眼點，做為賓客參觀的實質內容。

外賓每每對珠算（其時還沒有電腦）、習字（大小楷）、刺繡、疊羅漢、舞獅、民族舞蹈、國樂演奏……不僅深感興趣，更是讚歎再三，而最讓他們驚訝甚至流連忘返的是繪畫，有的甚至當場就要購買（當然不會讓她們付費）或索取，在那一段時間裡，「東方畫會」成員：蔡遐齡、蕭明賢、秦松、朱為白諸位先生先後服務於華興，可以說華興小學的美術教育是東方畫會一脈相承下來的。華興奉行教育部課程標準的規範，五育並重，並特別培養學生生活技能，三年級以上學生必須輪

流洗碗、打掃環境清潔、洗衣等任務，並嚴格推行生活規範等等。

其中美術在他們指導下，學生參與「國際兒童繪畫比賽」，曾囊括前三名大獎，轟動一時。教育部所屬的國立藝術館曾單獨為華興獲獎作品舉行展覽，恭請蔣夫人蒞臨揭幕剪綵留下佳話。華興也曾將學生的大型（約兩米半乘以一．八米）作品張掛於餐廳作為壁飾。美術旨在培養學生審美能力及陶冶人的感性情懷，並不是一定要培養成為現代畫大師級人物。

華興規模雖小而服務的同仁人才輩出，即藝術一項而言，除蕭先生外，朱為白先生亦為當代藝壇之佼佼者；其次諸位校友飲水思源，相隔半個世紀，學生與母校之間、學生與蕭邱之間情誼歷久而彌新；再者，蕭邱兩位老師在華興服務時間不長，但他們的服務態度與誠懇是我們所念念不忘的。建業忝為華興退休老兵，自告奮勇寫這篇介紹文字深感榮幸。

第三篇

篳路藍縷

我在北師三年的回憶

本篇是許嘉峻先生採編為他撰寫碩士論文的資料之一，標題「烽火中成長　艱難中茁壯」是他們加的。

烽火中成長 艱難中茁壯——我在北師三年的回憶

還記得在協助聯繫北師四十級畢業六十年的同學會相關事宜的時候，我將學校正在為了充實母校校史文物館藏而對校友募集早期文物的訊息，透由主辦人轉達給同學們。到了當天我和當時的主任李宜玫教授去參加時，好幾位學長將他們珍藏已久，北師學生時代留到今天的「文物」拿出來，並表明願意捐給學校作為校史館藏，令人非常感動。從他們身上，我看見了學校當時在栽培這些人的用心，以及他們對學校的感念之情，更看到他們畢業後不辜負師長們的期待，在教育現場胼手胝足的，在戰後初期百廢待舉的那個時代，為臺灣的教育打下了深厚的基礎。而本文的作者林建業正是其中的一位。

學長遞給我們一本他整理的非常整齊的資料夾，裡面清清楚楚地保存著他保留完整的個人收藏，令人驚豔的有四十級畢業紀念冊、學生自治會出版「北師學生」、「當年學校的概況表」，當時我正經歷日治時期校友提供的文物有限，正在思考如何突破校史文物缺乏的窘境，學長們的提供猶如及時雨一般，讓我們非常振奮！林建業學長，是一位彬彬有禮，風度翩翩，不論從外貌或是談話中都可以感覺到一種修養。他在北師畢業後，經過幾年的歷練，最後能當到華興育幼院從教師、主任、華興中學主任、校長直到屆齡退休，真是非常不容易，因為那是故總統夫人蔣宋美齡女士為了國軍子弟及難童所創辦的一所養育、教育兼具的學校。從林建業學長的生命故事，我們可以看到對日抗戰結束後，國共內戰一九四七直到一九四九年百萬軍民退守臺灣的點點滴滴，兩岸是甚麼樣的局面，以及臺灣省立臺北師範學校的那些年的那些小故事。

林建業四十級普通科畢業，服務教育界四十四年（公立學校四年、私立學校四十年），父親溫州師範畢業，曾任中國鐵道部滬杭甬鐵路員工子弟學校校長，祖父是中醫師，在其父親一病不起後，由祖父接回故鄉泰順，並有意於他小學畢業後，讓其承接中醫事業，然民國二十三年至三十三年，十年間家裡接連遭難：父親過世、祖父被土匪綁票、哥哥在日本飛機轟炸時罹難，祖父遭受如此重大打擊之後，仍忍痛奮力送他上初中。民國三十六年初中畢業，想進一步學習，為了不增加家裡負擔，在老師的建議下，決定渡海來臺，報考本校前身「臺灣省立臺北師範學校」。

一、考取臺北師範學校

民國三十六年大陸國共內戰方殷，表面上戰事只在北方若干地區進行，事實不然。那年冬我在溫州（浙江南部）年關已實施宵禁，四面八方進入市中心通道設有柵欄門，其他廣闊的鄉下地區，土共已四處橫行，地方並不平靜。我讀初中時的導師陳火明先生，時任職於臺灣省立臺北師範，雖然我們已分別很久，卻仍保持聯絡。民國三十七年夏，我表達想繼續升學之意，他鼓勵我來臺北讀書，由於這一機緣，我來臺北，起初就住在他家，他與師母愛護學生及同鄉青年不遺餘力，當時暫住他們府上達六人之多。當時政府對各級學校考生報名資格為初中畢業或同等學力兩種（同等學力好像是不能超過5％），我是憑大陸初中畢業證書報考，這是真的不是假的，我沒有什麼背景，陳老師是學校總務處庶務組組長，戰亂時期失學的兒童、青少年、青年不知凡幾？當時不僅大陸各省失學的人多，即以普通科甲班王景星同學來說，當時他早已結婚有孩子，畢業回鄉服務期滿接著從政，（略）。我北師畢業虛歲已二十五歲，實歲畢業時還不滿二十三歲（小學畢業停兩年才升學，初中畢業停一年才升學。）

入學考試完畢口試，主考老師說：「如錄取，畢業之後要服務三年。」那時我大陸家庭狀況老的老小的小，不允許我在臺灣停留六年之久，於是一時愣在那裡，主考老師追問說：「怎樣？要快做個決定！」下意識告訴我若不答應，那我來這兒幹什麼？萬萬沒想到僅僅一年時間，國家竟然起那麼大的變化：國民政府兵敗如山倒，接著退守臺灣，一時臺灣增加兩百萬軍民，臺灣的處境危在旦夕，人心惶惶，我們還有明亮的明天嗎？三十九、四十級的同學正處在這個時間點上——國家艱險危如壘卵的階段。就以我的情況來說，除了關心國家情勢之外，也擔心大陸家人的安危處境，心情是沉重的。三十八年暑假我想回家，我把心意告訴陳老師，老師說：「不能回去，如果臺灣真有問題，我不會放下你不管！」他這句話挽救了我。

二、北師三年學習點滴

現在我將那三年我們的生活、學習、分發及服務幾個方面概括性做一個回顧。

(一) 生活方面

剛到臺北，那時臺北一片蕭條，同學們穿著十分儉樸，大部分都穿學校分發的服裝，但也有家庭情況比較好的，我看不多，本省同學交談多以日語為主，課餘大家都穿著「木拖板」，喀啦！喀啦！不絕於耳，即使臺北街頭也是如此。臺北附近同學星期假日大多回家，中南部同學跟我們一樣住校時間多。沒有什麼娛樂，打打球、聊聊天，荒廢時光，不知道奮發努力，十分可惜，那時候好像也沒有老師鼓勵我怎麼走人生道路，三年級時的舍監萬〇鷹，他是少將，每天早晨起床集合點名，會罵遲到同學「死青年、青年死！」我想多半與受國破家恨的悲憤情懷有關。

師範生享受公費，食宿解決，但那時整個環境衛生條件還很差，盛飯的鋁碗長年使用，沒有很好的清潔劑，碗內壁腐蝕斑斑，廚工只是用開水燙過而已；那時也沒有尼龍紗窗紗門，用餐時常有蒼蠅叮在飯上，三餐都吃乾飯，一個月公費米三十斤，那時我們正是年輕力壯，一碗飯根本吃不飽，到了用餐時間饑腸轆轆，那時沒有手錶，時間差不多了，大家蜂擁在宿舍通道餐廳門口，等待開飯號音響起的到來，事隔幾十年那消瘦矮小的號兵身影印象還很深刻。民國三十九年膳委會堅持下早餐改吃稀飯，午晚飯飯量增加，周末許多住臺北附近的同學回家，同桌往往多出好幾碗飯來，這時候是長年在校的同學可以飽餐一頓的時候。不管怎麼講，所幸那三年學校不僅教育培養我們，更養育了我們，換言之，也是臺灣同胞養育我們，免受饑寒之苦。

接著整個大陸淪陷，兩岸斷絕往來，我們外省同學若沒有親人在這裡的，經濟來源完全斷絕，這種情形的同學為數不少，我即為其中之一，怎麼辦呢？那個年代，沒有所謂的打工的名稱和事實，所有活動如參觀、實習等，若在臺北（那個時候的臺北，不是現在的大臺北）往返全靠步行，因為學校每學期發的零用金新臺幣二十元，發放下來，我們首先把半年理髮錢先給理髮室老闆，其次買洗衣肥皂，再其次才輪得到毛巾、牙粉、牙刷；至於穿著，公家一年發一套長袖淺灰色棉質類似卡其服裝，內衣靠寒暑假本省同學回家，我們到其他寢室撿破爛，洗洗再穿，冬天我母親給我打的一件毛衣派上用場。說到走路，日前同班同學葉茂謝兄（一女中教師退休）提起當年到烏來遠足，坐火車到新店，步行到烏來，夜宿原住民同胞家過夜，到日月潭旅遊坐火車到水里往返步行的往事，可見當年我們雙腳的耐力韌性是很厲害的。這些班級性活動好像都是許清貴同學他們幾位熱心策劃主辦，參加的人只出些火車票的錢而已。許兄這種熱情一直維持到他退休以後仍然不減，常常邀請若干同學到他府上歡聚，嫂夫人是他同事，忙裡忙外打點一切，讓人印象深刻。

我哥哥初中同學葉于剛先生那時在植物園旁的「國語日報社」服務，如到日月潭旅遊、畢業半島參觀旅遊這兩個大活動，我向他求援，承他慨然相助。民國四十年春節，陳望欣老師介紹我們幾位留校同學到廈門街幫忙製炮竹，派給我的工作是拌火藥，工作時間好像是三天，究竟賺了多少錢已經忘記，這是我在北師三年唯一賺外快的機會。其次是三十八年夏，教育廳調全省高中職校長在北師講習，我們若干同學被派擔任服務幹部，我是其中之一，三餐伙食與學員相同，可以說是在校三年吃的最好的時候。偶爾到黃啟龍老師府上走走（黃老師也是抗戰時期初中美術老師），師母留我與另一美術科同學王卓明在他們家午餐。同學高振輝他們家在中央市場做生意，高媽媽愛護我們，特別請我們幾位外省同學到他家吃晚餐，有魚有肉也是我們永遠記得的招待。

三年級時我們住在靠馬路三層樓的大宿舍樓上，那時和平東路還是一片稻田，過瑠公圳這邊的馬路還沒有鋪柏油，星期假日常有騎著一輛腳踏車，載著一只木箱子，操著濃厚山東口音清晰的叫賣：「饅頭！豆沙包！」，我印象中他穿梭往來好像從來沒有同學光顧過，可見我們根本沒有能力消費。

我們班（普通科乙班）開始有四十幾位同學，其中有十一位是外省籍，除了楊益民小一點外，其他同學都因戰亂的緣故，年齡都比較大，在北師時都二十出頭，沒有刮鬍刀、剃刀，唯一處理鬍子的方法是用挾子對著小鏡子，逐一清除。楊益民服務期滿考取臺大，留學美國獲航太博士學位，是我們這一班最有成就的同學。一年級導師董正鈞老師，上海體專畢業擅長體操，如疊羅漢、太極劍等，一年級下學期，他叫我到昭安市場（現在的中山市場）買一節大竹，他雙手一扣大概直徑三四寸的樣子，我誤以為大蠟燭的燭，到昭安市場找不到直徑那麼大的蠟燭。

我們這一屆有五個班：普通科甲乙兩班、藝術、體育、音樂各一班，這三班都有女生，只有普通科沒有，我們常常戲稱普通科是和尚班。

我二年級時肚子有寄生蟲經常肚子脹氣，學校醫務室無法處理，曹萬周老師是溫州人，他是國文老師，但並沒有教到我，可是一片師生情誼愛護學生流露無遺，他帶我到師範學院（即師大）找一位林仲達教授，由林教授帶到師院醫務室，在病歷表上的關係一欄填我是林教授的侄子，醫務室開的藥服了以後，從此沒有再患，我不僅感謝曹老師更感謝林教授，很糟糕的是我從來沒有謝過林教授及曹老師，曹老師不僅如此，我畢業分發北投小學，他親自寫介紹信給一位在陽明山服務的林朝杲先生親自帶我到北投小學報到，並請陳全成校長替我解決伙食、住宿問題，這種恩情我一直到前幾年才邀請林先生及曹老師女公子曹小姐吃個便飯表示感謝，但曹老師早已不在人世。

（二）學習方面

在學三年所有教科書只有國文是臺灣書店印刷，三年級學習的國語彙編是國語日報出版，其他全都是上海中華書局、商務印書館出版（不是現在臺北的中華、商務）。民國三十七年秋東北戰事十分激烈，普一國文老師吉福祥先生，從上課的第一天起每天第一節都是他的課，他必先分析國共戰況現狀，只要是國軍打敗了，他感嘆國軍將領的戰略、戰術運用錯誤，感嘆沒有如何打法，以致這場戰役打敗了，十分可惜！使坐在下面聽講的我們，心急如焚，不是哀聲嘆氣，就是埋怨國軍將領憨慢無能，一股恨鐵不成鋼的心態激盪著我們。一位歷史老師雷觀成先生常於星期六沒有晚自習時間在餐廳做時事分析，偶爾透露淪陷區（中共稱解放區）如何！如何！解除我們的恐懼心防。民國三十七年冬徐蚌會戰（中共稱淮海戰役）開始至翌年一月底結束，國軍損失慘重，有大勢已去的感覺。我們關心國家情勢，下課短短十分鐘圖書館閱報區圍滿同學，爭相閱讀國內大事（國共戰爭態勢）。

吉老師常請我們到他宿舍（現在的大安森林公園有北師的老師宿舍）聊天，師母年輕漂亮，熱情遞煙倒茶，叫我們不要客氣，這裡不是學校儘管抽沒關係，完全把我們看作朋友看待，卸下師生關係。

接著國軍節節敗退，共軍五月渡過長江，南京淪陷，接著危及上海，四月的某一天，怎麼第一節國文課都已過去大半了，還不見吉老師蹤影，等到第二天我們才知道，原來政府要逮捕他們幾位，他們消息靈通已早先一步到基隆搭船離開。我們才恍然大悟他們的言行和目的。

我們普四十級同學畢業後經過三十九個年頭，大家才聯絡重逢相聚，談到這件事時，原來吉老師常常約我們班若干本省籍同學，於夜深人靜邀他們單獨在操場散步聊天，示意他們參加中共組織。很不幸的，我們第一學年班長吳〇炎同學在政府清查過濾中被逮捕，關在以前臺北中央市場那一帶的警備司令部，我們班上同學去看過幾次，在那次逮捕中，北師被捕好幾位同學，關了好幾個月，才釋放出來，他們雖然被釋放但都轉學到其他學校去。那個年代明哲保身，我們不敢多問，免得惹上麻煩。

我有一位同鄉吳〇宇先生時任師院附中（即現在師大附中）教師，課間常常批評政府，時東南長官公署某首長的兒子正好就在這班，將情況告訴他爸爸，不久他被送回大陸，那時兩岸還沒有完全斷絕來往，我們所得到有關他的消息可以以「慘得不得了」來形容，因為中共不可能視他為同路人，相反的認為他是負有任務的人，可憐的是他太太劉〇釵女士一人丟在這邊，沒有一技之長，生活至為艱困，後來投靠她的堂兄弟劉〇恒先生，一直到民國五十幾年才與一位很有名的大學教授再婚。

我前面提的王〇明同學莫名其妙的於我們畢業就業講習期間被治安單位帶走，幸虧輔導員嚴〇生上校奔走保釋。我印象最深刻的是三十八年在和平東路，有一輛軍用大卡車壓死人，戒嚴時期的政府第三天就在原處槍決駕駛兵，從此沒有人敢亂開，可見亂世用重典是有抑制效果的。

我們在校三年所有課程、管理等等沿用政府在大陸時代的規章制度，如學生軍訓、三民主義課程，我們在校三年沒有，過去大陸各級學校有學生自治會的設置，學生運動自「五四」以來每逢國家面臨外交、內政緊要關頭，學生愛國運動此起彼落，多以學生自治會起領導作用，民國三十五年至三十八年大陸主要城市學運如火如荼，似乎完全受共產黨控制。北師當時這個制度還存在，學校常常舉行壁報比賽，我在校時的普二庚（即後來的普三庚）人才濟濟，文筆犀利，壁報出刊往往成為洛陽紙貴現象，轟動一時，所幸當時我們學校並沒有被中共滲透，學生在刊物上發發牢騷是正常現象，學生自治會每學期出版學生刊物。我相信政府以後在臺灣取消各級學校學生自治會的設置是有原由的。

回顧當時情況，人口而言，平平靜靜的臺灣，突然增加好幾百萬軍民，在那兵荒馬亂的年代，同學轉學插班進來的好幾人，老師進來的也好幾人，大陸並沒有推行國語，那時的老師多半南腔北調，我很佩服本省同學居然能夠適應，起初我還可以與大陸家人相互通信，霎那之間雙方完全斷絕，親人安危如何？彼此的牽腸掛肚，內心的不安情緒的起起伏伏，哪有心求學？午夜夢迴突然坐起，不知現在身在何處？奈何！奈何！日前與同屆藝術科袁友冠學兄電話閒聊，他說：「你是當年外省同學戶籍設在學校『生活共同戶』的戶長云云，經此一說，我猛然記起民國三十九年平生第一次投票選舉吳三連先生為臺北市市長，投票地點在臥龍街大安小學。」

我有保存重要物品的習慣，前幾年想想自己已這麼一大把年紀，手邊還留著幾件當年北師的文物，將來兒女一定把它們視為廢物，何不把它們送交北師母校校史室或許還有可用之處，但苦無機緣，就這麼巧，在一次由四十級藝術科同學丁占鰲（他也是當年暫住陳老師府上六人之一）兄召集聚會中，幸會母校校友中心主任李宜玫教授、專員許嘉峻先生，當我把上述文物告訴他們，承蒙李主任當面嘉許接受，後來學校還那麼客氣頒給我一塊感謝牌。所謂文物即：四十級畢業紀念冊、學生自治會出版《北師學生》、《當年學校的概況表》等等，現在陳列在母校新建的校史館裡。

(三) 畢業分發與服務

民國三十九年臺北縣的北投、士林兩個鎮劃出來成立「陽明山管理局」，據說蔣總統有傍晚散步的習慣，他住的「草山行館」距離湖山小學很近，他常常前往參觀，可能管理局希望找幾位年輕剛畢業的師範生去那裡服務，陽明山管理局教育股股長宋遂先生、督學陳則蔡先生來學校與實習處主任司琦老師、劉德樞老師、柯維俊老師、王鴻年校長（北師附小校長）等商議，物色五位同學，勸我們在服務志願調查表上服務地區一、二、三志願全填陽明山管理局，我們五人音樂科楊道生、體育、藝術是誰忘記了，普通科兩人秦仲平、林建業，後來這個計畫的預算，臺北縣參議會並沒有通過，我們幾位遲遲無法辦理報到，直到八月下旬才由陽明山管理局改分發其他學校，我到北投小學報到已是九月三日，在這之前我一直住在學校宿舍。

新學期開學啦，以我觀察那時本省籍老師多不願教歷史及作文，當時大陸淪陷，撤離來臺軍民及政府官員、各行各業人士以百萬計，北投小學五六年級各有六班，一班都有五十幾人，學校派我擔任五年級六個班的作文及歷史科科任老師。我教歷史以故事化講述，引起學生極大興趣，陳則蔡督學兒子陳佑民（他後來是美國康乃爾大學博士）就在五年四班，他回家大談林老師上課的趣味，有一天陳督學悄悄來到我上課的教室旁聽，結果民國四十一年教師節，我僅僅服務一年學校就報我為優良老師，獎品是一支派克八十一型鋼筆，那個時候是非常豐厚的獎品了。民國四十年以前的教師節是八月二十七日，那時我還沒有報到，沒有資格參加學校一年一度的全體教職同仁聚餐盛會。

剛畢業薪水一百多塊，另加食物配給，當時吃的便宜，剛開始陳校長介紹我到駐在北投小學的輜重團（軍隊）伙食團搭伙（把食物配給全給他們），在北師三年很少吃到大肉、大魚，穿的很貴，那時臺灣還沒有紡織業，只有從上海移來紡織廠，生產很少，衡陽路、中山北路有許多委託行的舶來品，都是香港走私來的，我們買不起，那時不像我們現在街頭巷尾有舊衣回收，美國人的舊衣服運到臺灣來，永樂小學操場星期日一大早擠的水泄不通，我從北投搭早班車趕來搶購，但他們尺碼比我們大太多，需要一改再改才能穿。大概一年以後待遇提高到三百多塊，同時單身老師大家成立伙食團，學校派一位退役老兵替我們煮飯。那時社會型態單純，很多學生家庭貧困，穿著簡單，很多學生光腳上學，沒有書包，一條圍巾把書包起來綁在身上，五六年級級任老師每天課後義務替要升學的學生補習。我是科任沒有，不過學生常常要求我星期假日帶他們去爬山，我指的那些學生不必幫助家庭做事，所以學生與我關係良好，很喜歡我。

民國四十四年私立華興小學成立，朋友介紹我到那裡，陳全成校長語重心長的說：「林老師，俗話說：『衣服是新的好，朋友是舊的好！』」勸我留下來，我衷心感念老校長對我的肯定與愛護，後來他生病過世我回到北投參加喪禮哀悼，事經幾十年我仍然記得老校長的音容笑貌。

(四) 感恩

畢業服務後，大家忙於工作與家庭，直到民國七十九年，四十級同學才有機會在許清貴同學號召下聚會，從那以後我們幾乎每年都在教師節前後集會餐聚，並邀請當年的老師與會，畢業四十年時我們分送老師金戒指做為謝師禮，看到老師、同學尊體健康，精神愉悅，大家莫不由衷感慰。所謂歲月不居，漸漸地若干老師、若干同學老成凋謝，離開人世。我來臺北第一餐是由洪振揚同學（大陸初中同學）時在基隆市政府服務，我到基隆第一晚就住在他宿舍，第二天由他帶我來臺北，午餐就在他叔叔洪文彬老師家用餐，大概民國七十幾年洪老師不幸過世，我參加喪禮追悼，而最讓我懷念的是陳火明老師，可以說他是我人生的貴人，但他離開北師以後移民新加坡，很遺憾的與他失聯了，雖經多方打聽始終沒有結果，民國一百年中元節，我在臺北民權東路佛光寺參加他們的超度法會，我除了超度我的先人、岳父母、長官、朋友之外，因為我不知道陳老師是否還在人世？我也設牌位祈求上天保佑他健康長壽，除了將一些文物送給母校外，為表感恩捐新臺幣五萬元給母校感謝當年教育、養育之恩。古人說：「禮輕情意重」，我只聊表心意而已。

民國四十一年春節，王卓明邀我到現在的新北市瑞芳區猴硐小學過年，他買了雞鴨魚肉，是我們幾年來從未享受過的如此豐盛的年節，卓明是我小學初中乃至師範三度同學的同學，他從小即擅長繪畫，在臺北國畫界是頗有名氣的畫家，約十年前不幸病逝，非常可惜。記得三十八年春節在北師過年的年夜飯是炒米粉，一人一碗，大年初一，普二庚一位黃同學做一副對聯：「喔！是誰家放爆竹？哦！是他們過新年！」彼此傳誦調侃數落自己一番。

回顧我大陸的家庭及內人北投娘家的上一代兩代，可以說都是十分不幸的，先說大陸家裡，我父親三十歲就病故了，我哥哥二十四歲被日本飛機轟炸而死，祖父損子折孫，母親三十四歲守寡，大兒子遇難，小兒子遠走他鄉音訊渺然，生死未卜，嫂嫂更是可憐，二十四歲守寡，下有兩個襁褓稚子，我們的家被共產黨清算鬥爭，房子沒有了，田地沒有了；臺灣岳家兒子一個一個都在英年肝病過世，岳父母的悲痛一如我的家人，這些都是人間的大不幸。也因此我內心深處永遠刻劃著他們。俗話說：「平安就是福」，這幾十年來雖然沒有大的發展，夫妻二人把孩子拉拔長大，大家平平安安，豈不是最大的福份？我衷心感恩！感謝政府營造一個穩定昌盛的大環境，沒有戰爭，人民可以安居樂業。重視教育使我（我後來去讀大學夜間部及暑期研究所）及兒女們都有機會接受良好教育。

我一直在私立學校工作，沒有公教保險，五十幾歲十分擔心自己將來退休如果不幸有病甚至慢性病，醫藥如何負擔？沒想到在我快要退休前，國家實施「全民健保」，退休以後健保費由政府替我支付，且發給我老人津貼及老人公車票，感恩政府！感恩人民讓我有機會享受如此豐厚的福利。我感恩照顧過我的長官、師長、同學、同事、親朋好友、家人。我今年虛歲已八十八歲，平日學習嚴新氣功，賤體粗健，生活正常，幾年前柯老師希望我召集四十級同學見見面，自二〇〇〇年大家見面後，我因在國外好長一段時間疏於聯繫，無法達成老師的願望，深感歉意，不意老師去年在美病逝，除去電向師母致哀外，謹祝福當年的老師們、同學們身體健康、延年益壽！

(五) 本文的緣起

去年母校校慶及新校史館落成柬邀校友參加盛典，我回去了在校史室裡巧遇許嘉峻先生並由他介紹簡、何兩位教授認識，所謂觸景生情，看到現在的北教大，一片欣欣向榮的景色，想起六十多年前國家瀕臨赤化的邊緣，那時的北師，我把當年的艱困境況向他們訴說，並一時興起自告奮勇說要寫一篇〈我在北師三年的回憶〉，時光荏苒又將一年，我自許的諾言至今才實現，且東拉西扯，拉裡拉雜不成體統，因時隔六十餘年，如有謬誤，敬請當年老師、同學不吝指正！謝謝！

小結：

戰後的臺灣在日本人被遣返回國後，國民學校師資一時之間出現了相當大的缺口，兩三年間，由於正規師範生養成需要三年的時間，然當時國民教育刻不容緩，所以在他們畢業前，教育現場大部分是由許多臨時招募且僅經短期訓練的代用教師所充斥，因此也留下了許多教師素質參差不齊、教師地位及教學品質低落等問題，直到正規的師範生陸續畢業進入教學現場，汰換掉不適任的代用教師後，整體的教師素質與受教品質才又進一步提升，因此從三十九、四十級這一批開始，經過嚴格甄選、考試或保送，復經一周嚴格的新生入學訓練、三年各種學科均衡學習發展及品格的陶冶，最後通過全學科畢業考試的優秀學生，成為了那個年代教育界的中流砥柱！今日，我們透由校史論壇的平臺，重新而深入地去認識他們，也同時去認識這個今年即將一百二十歲的國立臺北教育大學，在那個烽火初止、百廢待舉和人心惶惶的年代中，如何培育出一批又一批推動國民教育的教育工作者，為往後臺灣的發展開創出堅實的基礎，而他們無論從面對求學、服務乃至退休等情境，所蘊涵的感恩哲學，更是值得在這個承平時期，卻處處問題的我們借鏡與學習。

本篇摘於臺灣省政府教育廳編印《十年來的臺灣教育》（臺北市：臺灣書店，一九五五年）

第四篇 哀悼

01

第一章

老夥伴

一、敬悼憨厚有則周延不苟的游建忠主任

二〇一六年二月二十七日 於臺北第二殯儀館

我們的游主任走了，我相信許多老同事都跟我一樣很難過，很不捨。不過他與游大嫂都篤信佛陀，我相信他已到極樂世界去了。我跟游主任淵源比較長，在華興之前，我跟他在北投同事過兩年。這許多年下來，覺得他待人處事，憨厚有則，以誠任事，圓融配合，周延不苟等等特質。但我要把他之所以到華興的時空背景先做個說明。

華興成立不久，蔣夫人關心孩子離院之後能夠自立謀生，所以華興小學四五六年級（當時很多學生超齡）學業成績不如理想的同學，下午要學習製作皮鞋、編織地毯，都聘有專業技師負責教學，而且真的學有專長，只是手工無法與機器相

比，這些學生後來都另謀他業。中學成立以後，老總統來校參觀認為做一個現代人，要適應現代社會型態，應該具備一些電器、木工修繕技能，甚至汽車修護。游主任在這樣的時空背景下來到華興。現在我以以下幾點粗淺的體會說明他的為人處事，不足之處請老師、同學們加以補充。

(一) 專業長才，熱心助人：

他多才多藝，心細手巧，所以他才會投考師大工業教育系，畢業以後系主任才會推薦他到華興，很多同事恐怕不知道，他除了擅長電工、木工之外，早年他會裁縫做內衣，打毛線，這是真的。各位你們年輕，沒有受過苦難，像我與游主任，我們的童年、青少年、青年階段剛好是八年抗戰，接著國共內戰，國難當頭，經濟、金融瀕臨崩潰，民生凋敝，種種苦難頻仍的年代。我跟他一樣很早離開家，一般家事包括縫縫補補，不自己來找誰？不過我比他笨，我不會使用縫紉機，打毛線。我怎麼知道他會做內衣褲，打毛線？那是在北投服務時我不僅親眼看到，而且他還幫過我的忙。至於電工、木工那是他的專長，我相信華興老同事家裡的電器如收音機、電鍋之類出了問題，帶到學校，「老闆，幫個忙！」他從來沒有打回票，無不欣然接下來，有時候還主動問人家有甚麼需要幫忙的？華興是一個家，家務不可能上班時間做，所以華興有許多工作狂，他就是其中之一，常常看到星期假日他還在「技藝教室」，他把工作當做是一種樂趣。

(二) 兢兢業業，帶領大家：

華興是一所教育、養育兼備的學校，我們感謝蔣夫人創辦這所學校，讓我們大家有緣在那裡一起工作服務，讓許許多多學生在那裡求學成長。華興學生不是經過聯考分發來的，是國軍遺族、老榮民或低收入戶的子女，社經地位比不上別人，但經過華興的薰陶以後，國、高中畢業生幾乎都能順利升學（或軍校）或就業。我查閱民國八十四年《華興四十年》特刊，當年的統計，獲博士學位的有十三人，碩士學位的四十人，表示華興基礎教育是實在的、穩固的，老師們辛苦了，游主任兢兢業業帶領我們大家，一點一滴不放鬆、不馬虎，這也大有關係。

華興自民國五十八年起就有一支名揚中外的棒球隊，這些小國手當年蔣夫人指示：「希望你們球打得好，書也要讀得好！」游主任正好就是這個指示時的教務主任，我相信他跟所有棒球隊員的班級導師及任課老師一樣肩胛上是沉重的。這許多年來，華興不負所托，華興的球員各方面的表現是有目共睹的。

二〇一三年林華韋同學當選國立臺灣體育運動大學校長，我們華興多位早期的老師、教練專程到臺中參加他的就職典禮，我非常榮幸代表老華興的師生們致賀詞，其中有一段話是根據棒球校友會提供的資料，說明華興畢業的球隊同學，離開華興以後，經過他們自己的努力，得到奧運銀牌的有七人、亞運金牌的五人、被網羅去美國、日本打職棒或發展的二十八人、得國內外博士學位的六人、碩士二十四人、考取國立大學九人、擔任職棒教練十三人、大學教練十八人、三級棒球教練二十六人、業餘教練四人、職棒裁判七人、企業總經理七人。

這張成績單是輝煌的，是其他有棒球隊的學校難望其項背，如果蔣夫人仍在，看到了這樣的成績，相信她一定會說：「你們做到了，我很快活！」至於棒球隊對社會國家棒球運動的貢獻更不在話下，恕我不贅。

游主任在推動球員上午上課，下午練球，若因到外地集訓、出國比賽而耽誤課業，會請任課老師補課等等，都需要花費心思去調整去配合，做到了「書也要讀得好」的使命。

(三) 憨厚有則，以誠任事：

游主任從華興增辦高中部起，江校長挑他擔任教務主任，前後二十幾年直到退休。老師們都知道江學珠校長挑選師資的嚴格認真，江校長之後經歷了好幾位校長，我相信她們一定衡量過單位主管的勝任度如何？績效如何？

他除了勝任愉快之外，我們很少看到他發脾氣，與人爭執，我與他之間，我常常說就像夫妻一樣，他槓起來，我讓他，遇到我槓起來，他退讓，他做到了古人說的「事緩則圓」的道理。我謝謝他幾十年常常幫助我、照顧我，我家好幾件木製用具都是我買材料他替我做的，可惜後來我到國外一段時間，都轉送別人了。

以上幾點簡陋說明，不足以表述他值得我們懷念的地方。請指教！

游主任走了，在學校裡我們順口稱呼他「阿不辣」、「老闆」，他總是咧著嘴巴笑嘻嘻的，就是一副老闆的樣子，那麼隨和與我們招呼，這副模樣將永遠留在我們最深層的記憶裡，我們懷念他，特別是我個人，我深深的感謝他。

游大嫂賢慧體貼，兩位小姐賢淑成材，女婿事業有成，孫輩乖巧聰慧可愛，游主任是非常有福氣的，且享有高壽。值得欣慰！我虔誠地祝福他在極樂世界幸福快樂！

二、敬悼朱承杰主任

二〇一二年二月十一日　於臺北禮拜堂

李主任、朱府鄧府諸位寶眷、各位董事、貴賓、華興院校長、同仁校友：

一生奉獻華興、振興的朱主任，蒙主恩典回到主的國度，我做為與他在華興幾十年老同事的身分，在今天追思禮拜的時候，代表當年同仁、學生講幾句話。

華興剛成立的時候，有一批年輕優秀的同仁加入華興工作，朱主任就是其中的一位。幾十年來他之所以成為華興院校裡的核心人物之一，我認為有下面幾點原因：

(一) 他勇於任事的個性：

華興是一個「教」「養」兼具的大家庭，既是教育機構，又是慈善機構。一個大家庭就有許多食衣住行育樂……等等要注意的事務。華興當年還兼負國民外交的任務，經常有許多外賓到學校來參觀訪問，而對外賓的接待以及學校裡重要的節慶或大型活動，如耶誕節、院（校）慶、運動會……等等，這些活動的推動需要有一位能夠統整的人物來領導，在我印象中，院校長幾乎都指派朱主任或張磊平主任擔任活動的總幹事，他們兩位認真盡職的工作，使這些活動每次都辦得有聲有色，屢屢獲得好評。即使後來的活動不是他們二人擔任總幹事，但也因為有樣學樣的緣故，使得這些活動形成一套範例模式，後續接辦的人都能得心應手的完成任務。

因為他熱心任事及求好心切的緣故，學校裡許多不是他職務範圍內的工作，只要有需要，他絕不推託，甚至主動插手協助，可以說是一位愛做事的人。如八七水災時，黃院長特別指派他到苗栗訪視受災戶、收容難童。早期沒有電視，過舊曆年時他都留在學校為學生舉行康樂活動，直到以後有電視可以讓學生觀賞為止，而那已是民國六十幾年以後的事了。他還擔任中華（華興）青年棒球隊的領隊，代表國家出國比賽等等，他的工作績效和表現多到難以一一列舉。

另外，他的個性非常耿直，思維敏捷，每周院校務行政會報，許多應興應革的問題，他每每都有獨到的見解，使問題都能迎刃而解。

（二）他熱情、好客，善於應酬與熱心助人：

他與李主任兩位都熱情、好客，朱主任雖是一個大男人，但大家都知道他會做一手好菜，不僅華興十家眷舍同仁，常常吃過他做的美食，我相信院校裡很多其他同仁及學生，也都吃過，像總經理就非常欣賞朱主任做的鹹魚炒飯。當年華興同仁為鼓勵球隊打勝比賽，許多熱心同仁成立後援會為球員加菜打氣，帶頭的就是朱主任，他們出錢出力樂此不疲，這種情形不是一次兩次，而是持續了好多年。他常識豐富，知道的典故特別多，又能言善道，許多場合只要有他在場，必定談笑風生，這個場合馬上活絡起來，有說有笑，他就有這一套本領。

民國五十三年蔣夫人指派黃院長、陸寒波女士籌建振興復健醫學中心，朱主任也同時被奉派協助籌建振興的事務性工作，因為他需要到處接洽公務，籌備單位特別撥一輛軍用吉普車供他使用。當年華興只有黃院長有一輛舊轎車，兼做送生病院童之用，朱主任的吉普車，在他去振興上班的同時，也把眷舍裡小一點的孩子一起送到山下的小學上課，一些眷舍裡應急的事務，都由他包辦，我太太生孩子時就是他送去醫院的，因為當時我人在南部，正參加救國團的活動。我相信搭過他的吉普車的同仁很多很多，因為他要走的時候必定拉大嗓門召呼：「誰要下山？」至於我個人，無論是公務、還是許多私人事情，得到他協助的地方很多很多，我由衷的感謝他。

㈢ 愛與包容：

朱主任李主任這對幸福恩愛的夫妻，我們住在眷舍裡從沒聽過他們大小聲過，朱主任對小薔、德爾及德恩姊弟，真正視如己出，這種偉大無私的愛更擴展到德爾兩個女兒的身上，關於這一點，我們華興同仁私下談論，無不豎起大拇指讚不絕口，他這種愛與包容，締造成就了這個家庭的幸福與美滿。在學校他是一位稱職的優秀幹部，在家中他是一位好丈夫、好父親、好祖父，這種美德，最讓人欽佩。

聖經上說：「美好的仗我打過了。」朱主任當之無愧，我相信他留在華興與振興的種種事蹟，我們永遠都會記得。

願上帝祝福李主任及她的寶眷，健康幸福快樂！

02

第二章 老同學

老同學謝達兄是我的小學同學，相交幾十年，待我如手足，不幸病逝於二〇〇六年，其時我自己亦罹患腎癌，沒有辦法到醫院看他，不幾天他去世了，我寫一篇哀悼文祭悼他，但那篇文字我遍覓不著，問之於謝大嫂也沒留，甚憾！謹記之。

一、悼念葉茂謝兄

本文刊於二〇一五年《臺北市溫州同鄉會會刊》

茂謝兄是我臺北師範的同學，平日我們彼此電話聊聊，保持聯繫，多半都是他打電話給我，大概是去年十一月中接他電話之後，就沒有再接到他的電話，通常他早上要出去運動，所以我兩次電話找他都是下午三、四點鐘，大嫂跟往常一樣：「他不在耶！」，我不以為意。元月八日她大小姐青旻來電說：「爸爸元旦走了！」我一陣錯愕，怎麼？！

民國三十七年我們幾位分別從溫州到臺北師範讀書，開學以後我們漸漸知道浙江同學有七人，普通科三年級陳澤春（臨海）、二年庚班黃慶萱（平陽）、一年甲班方家鐸（瑞安）、陳欽明（平陽）、一年乙班葉茂謝（瑞安）、林建業（泰順）、藝術科一年級王卓明（泰順）。我們這一代人的童年、青少年、青年階段正是國家遭逢對日抗戰，烽火連天，繼之國共內戰民生凋敝至極，經濟金融陷於崩潰，種種磨難困苦的一群，養成我們刻苦耐勞的習性，奮發圖強尋找人生更高一層的目標。沒想到來到臺灣僅僅一年整個大陸淪陷，兩岸完全隔斷，思鄉念親的情緒澎湃在整個腦裡，惶惶不可終日。同時經濟來源也完全斷絕。

在校三年所幸公費生衣食勉強維持，畢業之後各奔前程。茂謝分發螢橋小學，我分發北投小學（那時屬於陽明山管理局），服務三年期間，我大概到過螢橋小學看他兩次，而且睡在他的宿舍，星期一一早回去上班。

茂謝讓我印象最深刻的是奉公守法、謹守本分、勤勉好學、記性過人、儉樸務實等種種美德。我現在就以上幾方面略述一二。

(一)、我們在校時，大陸淪陷，兵荒馬亂，卅八、卅九年從大陸撤退到臺灣的教育界人士、學生，一時每班增加許多新同學，學校增加許多新老師。大陸學校有一股鬧風潮的風氣，在生活管理上常讓訓導處管理組困擾，那時學校有一種處分學生的辦法是「停膳」，而且專門處罰外省同學，我們幾個人沒有受過這種處罰。

(二)、三年級時要學國語注音符號，學校規定每人要把小學五六年級國語課本共四冊，逐字注音，南方人對捲舌音ㄓㄔㄕㄖㄗㄘㄙㄢㄤㄣㄥ及第二聲、第三聲的區別十分困難，這是一件大工程，我簡直無法承受，整個寒假人翻馬仰，開學要繳交認可後才能註冊，伸出援手的是茂謝，這件事我永遠記在心裡，不敢忘記。

其實茂謝國語說得並不怎麼樣，可是注音卻頂呱呱，可見他認真學習，一絲不苟的精神，讓人佩服。

(三)、我到螢橋看他，在他那裡用餐，他買的豆干是商人切下來豆干的邊沿，他洗臉的毛巾是分三段使用，這些都是我第一次見識到他的節儉習慣。這種節儉與臺灣巨富王永慶一張衛生紙分開使用沒有區別，是一種美德。他在北一女服務期間據我所知他一直騎腳踏車上下班，更妙的是他們府上沒有裝有線電視。這是對的，我們打開電視無不是殺盜淫妄（淨空法師語），這對社會教化何其嚴重？影響何其深遠？絕對不是好東西。因為茂謝這麼儉樸，所以他服務期滿有能力繼續完成學業，不必像我需要帶職進修，我想這是關鍵所在。

(四)、他記性特別好，前幾年我把六十多年前在北師的一些具有紀念性的資料送給母校校史室，同時寫了一篇〈我在北師三年的回憶〉刊在《國民教育》季刊上，其中有關當年的公費零用金金額、食米數量、制服及遠足等等都是茂謝提供的。

(五)、他退休後除了爬山散步、讀書之外，每天寫五百個毛筆字，這種自強不息的精神較之於泡在電視機前或麻將桌上過日子的人強得太多太多。電話裡常常告訴我累計已寫多少萬字啦！日前我將他往生的消息告訴在新竹及美國的同學，他們跟我一樣除了驚訝、難過、惋惜之外，覺得他享有高壽，而大嫂賢慧、兒女成材，且有兩個可愛的孫女是非常有福氣的！

(六)、我們溫屬六位同學後來先後都繼續升學或在職進修，平陽的黃慶萱是國立師範大學文學博士，並在師大任教直到退休、陳欽明師範大學生物系畢業以後，到加拿大繼續深造獲得博士學位，並在那裡任教是一位海洋生物學專家。他們二人是我們六人中最有成就的。方、葉二人服務期滿都考取師大設在苗栗的專修班，方後在臺北大華中學任教深得方志平校長的器重，不久一位家長邀他合夥棄教從商，在新竹從事建築及經營電影院等事業，因兒女都在美國，約十幾年前不幸病逝洛杉磯，而茂謝兄，接著插班考取師大修完三四年級地理系課程，更進一步考取文大地理研究所獲碩士學位。

江學珠校長是一位極負盛名的教育家，她以挑選師資嚴格而著稱，茂謝兄能通過她這一關，表示他的實力之一斑。王卓明繼續升學於國立藝專，後任教於臺北市立東園國中美術老師直到退休，是臺北國畫界頗有盛名的藝術家，可惜也逝世多年。我有這麼一位勤勉自勵謹守崗位的同鄉、同學與有榮焉！謹不揣簡陋，將我幾點的感想寫下來，悼念這位老同學！

二、敬悼王卓明兄

二〇〇五年八月一日 於加拿大溫哥華旅次

上個月二十九日下午謝達兄在電話裡告訴我，卓明兄前一天病逝臺北的消息，這突如其來的噩耗，讓我一時反應不過來，除了電唁昭美大嫂外，這幾天滿腦子，盤旋著六十多年來與卓明相交的種種。

我與卓明三度同學，以前每當將他介紹給親友時，這是我最愛說的一句話。民國二十九年我在仕陽小學讀五年級，那時卓明、謝達高我一班，課餘同學常以「王客老」稱之而不名，所謂王客老，即鄉下木偶戲裡的丑角喜劇人物，言談舉止，滑稽逗趣，往往因一句話、一個動作，逗得大家哈哈大笑，戲臺上「王客老」出場，劇情包管會讓觀眾開懷大笑。

抗戰時期讀書並不是件容易事，泰順沒有直接遭日寇侵犯，而鄰縣平陽、福鼎都曾遭遇寇難，泰順間接受害自不待言，到了三十三年夏不約而同，我們又在柘洋初中再度同學，卓明個性、作風依然如故，他自小擅長繪畫，那時他常作畫自娛，小作品分贈同學，至今我仍保有他一幅松與松鼠圖，如遇同樂會餘興節目，多種角色他都能參上一腳，充分說明他的才能是多方面的。

民國三十七年夏，我們分別從溫州、杭州到臺灣，並一起進入北師，我跟他最為接近的是在北師的三年，他是藝術科，我是普通科，教室寢室不在一起，只有寒暑假，學校關閉絕大部分教室及宿舍，外省籍的同學，無家可歸，大家朝夕相聚機會多了。

像我們這個年紀，剛好國家內憂外患紛至遝來的年代，在成長過程中，精神上既沒有青春浪漫的歡樂，物質生活更是貧乏得可憐。民國三十八、九年間，國共內戰最為慘烈，國民政府不幸戰敗退守臺灣，兩岸突然割斷，外省同學心理所受的痛苦煎熬，真是叫天天不應，叫地地不靈。幸好卓明個性開朗，且有叔叔在臺，與一般同學相比又好許多。

我們一般人認知上藝術家性格，大而化之，不拘小節，這方面他在高中階段已經十分明顯，我記得寒暑假裡，睡在七人一排統鋪上，早晨起床他順手穿了床頭衣服，匆匆上盥洗室，隔壁同學起來，怎麼找都找不到衣服，而留下的是卓明的衣服。一起上街，上了公車才發現忘記帶車票……種種趣事；我回大陸，小學同學林長亮說，卓明曾有一次在杭州，約他與饒祖久吃飯，說好第二天中午在某餐廳，他們依約前往，左等右等就是等不到卓明，所幸大家都是同鄉好友不以為意，這些無心之過，正是他不拘小節的個性，但大事卻有板有眼絕不馬虎。

卓明熱心助人，慷慨而有情有義，師範畢業我分發：北投小學，他分發：三貂嶺某小學，第一年春節他邀無家同學多人，到他學校過年，豐盛的菜餚，說不完的話題，那是我們離家以來最痛快、最愜意的一次春節。兩年前住在多倫多的葉季蓀兄，在信裡還津津樂道這件五十多前的往事。民國四十幾年，我曾多次為教室佈置，邀他為我解圍，經他設計出來的作品，無不獲得學生、同事的喜愛。

這許多年來卓明先先後後送我多件他的書畫作品，最讓我驚訝的是他書法的進步，可以用神速二字來形容，所謂書畫同源，可見他是多麼用心，下苦功去研練，才有那麼好的成果。回鄉探親看到仕陽鎮志及泰順藝文文獻，都有專文介紹「臺灣畫家王卓明」，對他的藝術造詣，都有很高的評價。柘陽中學同學劉康幸說，卓明曾應允送畫給他，我回臺灣也曾將劉的意見告知卓明，就不知道後續發展如何？這也說明同學們對他的畫作重視之一斑。

我們在臺灣的同鄉，卓明是最有福氣的，他最早成家，岳丈家就是他的家，孩子一個一個生下來，岳母幫他帶大，楊老伯、楊媽媽一家熱情好客，逢年過節，相信許多同鄉都曾是他們府上的座上客。所謂愛屋及烏，作為他叔侄同鄉的我們，分享了兩位老人家的愛與關懷，是多麼溫馨、多麼可貴。

昭美嫂子當年還是擔任級任導師時，教學認真，視學生如子女，深受家長、校長、主任、老師、學生的歡迎與愛戴，出錢為他們蓋宿舍，那裡有卓明寬敞的畫室，我相信那一段時間，是卓明藝術創作最得意的時光。他們叔侄及昭美與同鄉大老陶家偉鄉長共同宣導下，多次召集散佈在全省各地的同鄉，攜眷與會就在頂溪小學召開，會後並舉行大會餐，相信這些往事同鄉們件件記憶猶新。

二〇〇一年我到加拿大來，向他辭行，他說他不久也要到加拿大來，近年他健康並不好，我想所以延誤，就是這個緣故吧，日前昭美大嫂說卓明不久前，仍提到這一點。

卓明一生是幸福快樂的，家庭美滿，昭美嫂子賢慧能幹，是教育界的精英人物，兒女個個受良好教育，學有專精，幾十年來叔叔猶如父親，與他們生活在一起，享受天倫之樂，這也是我們同鄉絕無僅有的，諸如此類，都是大家羨慕和憧憬的。

卓明啊！祝願你在天國一樣地樂觀，無憂無慮！幸福快樂！

03

第三章

至親長輩

一、弔善孝叔祭文

二〇〇六年二月十七日 於臺北第一殯儀館

善孝叔，你走了，聽淑珠說，你走得平靜安祥，我替你高興。近年來你耳朵重聽，我每次打電話，你第一句話總是問：「你在哪裡？」以為我已回到臺北，那種迫切期待要和我見面的心情，從通話裡表露無遺。這幾年你身體不大好，嬸嬸幾乎寸步不離地在你身邊照顧你，你是有福氣的，你走了，我們大家都深深不捨，但我仔細想你比你父親、母親都長壽，而且兒孫繞膝，好有福氣，所以你應該很滿意才對。

前年三月，我有事回來，順便探望你，你堅持要我住在你家，而且你已替我準備好房間，說：「被呀！床單呀！都洗乾淨了。」無非是希望我住在一起，可以好好聊天。但是我也這麼大年紀了，雙腿不好，空手慢慢爬還可以，要把行李搬到三樓，要走，還要搬下來，已經無能為力，不是我不通情達理。

回想民國四十一年當你從同鄉那兒，知道我在北投教書，連飯都不吃趕到北投，我們彼此相見恍如隔世，那天我們在北投公園，足足聊了半天，有說不完的話，從那以後每個月我會到公館一次，幾年以後你開小小的百貨店，孩子一個一個出生，你們夫妻忙裡忙外，民國五十四年你在牯嶺街買了樓房，一二樓是你的，三樓是我的，過了兩年，學校配我宿舍，我們把牯嶺街的房子賣掉，你在萬盛街買了房子，還在屋頂自己動手加蓋一層，造型設計都十分精巧可愛。又過幾年你在北投溫泉路又買一間，這些成就，完全靠你與嬸嬸省吃儉用，你既不是佃農也不是三七五減租受益者，也沒聽你買「愛國獎券」中獎了，你能買房子，完全是七省八省省下來的。

你八十歲那年，你的兒女們在臺北凱悅大飯店替你祝壽，那天我是準備講一篇祝詞的，頭一天我把這個心意告訴你，你堅持不要，深怕兒女心理受影響，我只好作罷。後來我忙著出國，沒有機會好好為你解釋，其實你那種想法是錯的，因為時代不同，環境不同，造就也就不同，站在我的立場，今天是最後的一個機會，今天不講，你的兒孫，可能不曉得你的家庭背景與過去的種種。所以今天我不徵求你的同意，將我們的關係、你的家庭、及你的童年，就我所知道的回憶一下。

我稱呼你善孝叔，其實我們沒有血緣關係，我稱你叔叔，我們關係這麼密切，是你媽媽也就是我的繼祖母，嫁到我家的緣故。你們蔡家在蔡宅是大戶人家，不然你爸爸怎麼能名正言順的娶姨太太呢？你爸爸的髮妻是我大姑丈的姑姑，他們季家在雅洋新陽也是大戶人家，在那個時代講求門當戶對，所以你的童年我想是幸福的，很不幸的你爸爸在你五六歲時死了，姨太太與稚齡孩子，當然無法與大太太及前面兩個已成年的哥哥們，大家共同生活在一起，可見一個家庭重要的人物，一旦發生事故，影響面是多麼重大而深遠啊！

就在那前一年我的親祖母不幸病逝，那時祖父才四十四歲，我們家經營中藥材生意，於是兩家原本就有點親戚關係，很快有人撮合，你媽媽就嫁到我們林家來了，我查看家譜她當年才三十一歲，你到林家已九歲，第二年我哥哥被我父親接到南京讀書，你到我家時，我還小完全沒有印象，後來我與母親也到寧波與父兄團聚，而你就沒有那麼好的環境，聽說你不肯讀書，而去學裁縫，而且跟隨師傅長年到外鄉、外縣等地學藝謀生，民國二十四年我父親不幸病故於寧波任所，全家回到泰順，年節我們大家才有機會相聚在一起。

你從小聰明伶俐，全家上上下下，從高祖母、曾祖母，祖父兄弟，三家幾十口人，並沒有把你當外人。這些年來你最懷念的，印象最深刻的就是你幼年到青年時代，生活在林家點點滴滴的人與事，因為你每次與我談話，話題總是環繞在這些人身上，就是最好的證明。

說到你們蔡家我怎麼知道是大戶人家呢？我記得你曾兩次，帶我去過分給你的房子，那是一棟兩層方方正正的小洋房，形式與一般民居不一樣，那時看了我好羨慕，我還很小的時候，你大哥就有西洋鏡、留聲機等，那時候家裡有這些玩意兒的，我相信並不多，你媽媽在你家學會一套製作精緻美食的本領，我相信她十八九歲嫁到你家時，學會那套本領，為的是服侍你爸爸，因為普通人家學那些手藝幹什麼？所以我從小到大，吃過許多精緻美點和烹飪，都是繼祖母做的，我媽媽沒有那麼多精巧的本領。我回老家探親，問我嫂嫂那些美點怎麼做，說也難怪，抗戰接著國共內戰以及共產黨的種種鬥爭，連吃飯都有問題，那有能力精製美點和佳餚？

你從小生長在姨太太及後母這兩種形態的家庭環境中長大，從教育心理學角度來看，在成長過程中，你心理是受到壓抑的，有自卑感的。你深怕別人看不起你，前面我說，人所處時代不同，環境不同，其實你沒有讀書不是你笨，而是你沒有機會，你小的時候，鄉下沒有國民小學，離家十里的三魁才有，我比你小七歲，我讀書時就有了，以前都是私人辦的私塾，需花錢才能讀書。大概是這個緣故你不能受教育，是環境和機會造成你無法讀書。

我每次回大陸探親，我告訴大陸家人，你是多麼聰明能幹，你想想，你我都是自己來臺灣的，我們上岸的第一天，第一餐就要靠自己才能生活，我們不是跟政府來的，沒有政府替我們安排一切。我來臺灣是要讀書的，所以很快就進了學校，而你赤手空拳，語言不通，不偷不搶，能生活下來，如果沒有兩把刷子，怎麼能夠站得住腳？

善孝叔，你總覺得比不上別人，其實你比誰都強，像你一樣背景，能有如此成就，社會上並不多見。嬸嬸幾十年來陪伴你，她賢慧能幹，默默地服侍你，你好有福氣喔！兒女一個一個把他們拉拔長大，受良好教育，他們書讀得好，有很好的工作，是應該的，因為大環境安定，沒有戰爭，沒有動亂，沒有清算鬥爭，他們從小到大，在父母護呵下，在安定環境中成長，沒有嘗過人間悲歡離合，沒有經歷庶子和後父家庭，種種不同境遇的經驗和痛苦，再說，社會安定人民才能夠好好生息，國家有好的制度，你的兒女們經由考試才能進入國家公務機關，這些當年在大陸鄉下沒有這類機會，不是你不成器，比不上他們，而且你一來臺灣，就落腳在臺北，也大有關係，如果住在偏遠鄉下，恐怕發展受到若干限制也不一定，可見一個人的成就，是有許多條件相配合的，前臺灣大學校長，也是前國防部部長孫震先生，他父親是退役士官，他小時父親在螢橋賣燒餅油條，他一早起來要幫忙做了生意才能上學，他以有這麼一位父親為榮。臺灣社會像孫校長同樣背景的人很多很多，孩子們應該以有你這樣的父親覺得驕傲才對啊！

前一段時間你問到，大陸政府要把二〇〇〇年以前葬的墳墓埋掉種樹，你不要為這件事掛心，這是他們政府的政策，我們無能為力，你當年出錢將父親安葬，表示你已完成為人子應盡的責任，於心無愧，不必多慮。前面我說的一番話，在在都說明你白手起家，才有今天這個局面，絕非泛泛之輩可以辦得到，我相信兒女們所受的教育比你高，所處的環境比你好，他們的發展絕對比你好，所以你放心，我相信嬸嬸在兒孫們的孝敬下，一定健康快樂，長命百歲！善孝叔，你可放心，祝福你在天國健康快樂！

今天我和麗雲敬備祭品以鮮花薄酒祭悼你，請你慢慢享用吧！

二、敬悼四叔──他是我和麗雲婚姻的促成者、大媒人

二〇一三年五月二十九日

四叔離開我們了，他是大屯山下（一般都說山腳）陳家添字輩兄弟姊妹中，最長壽的長者，古人說：「仁者壽」，他享有四嬸的賢慧體貼，夫妻恩愛鶼鰈情深，他的子女父慈子孝，兒孫繞膝的大家族，長期享受天倫之樂，令人羨慕不已。四叔是非常有福氣的人，才能享有這些福氣。在我印象中四叔待人熱情，個性開朗，愛說些玩笑話，常常會使人真假莫辨，那表示他身體健康，心情愉快，才有如此好心情好個性。若干年來麗雲若電話問候他，他已明知是麗雲，還詼諧地裝做不認識的樣子，問：「你是誰？」答：「我是麗雲！」「我不認識你！」故意答非所問，折騰麗雲好一會兒，彼此大笑一番，才正式通話，可見他們叔侄二人常常彼此幽默來幽默去。麗雲還牢牢記得的一件事，民國四十二年暑假，麗雲住在四叔家一個禮拜，四叔非常風趣，閒暇常攬著椅子示範跳華爾滋，隨著蓬恰恰的旋律而翩翩起舞，示範給麗雲看，也從那以後，若有機會跳舞，麗雲必定搬出當年四叔教導的話語講解讓我明白，可惜這方面我是白癡，永遠不會，也沒有興趣。

我為什麼說他是我和麗雲婚姻的促成者、大媒人呢？民國四十五年春，我跟麗

雲交往已可提及婚嫁，她隱隱約約透露恐有問題，癥結在於她媽媽（我後來的岳母）絕不答應女兒嫁給一個單身的外省人（我沒有親人在臺灣，他們不知道我的家庭背景）。這個問題可大哩！我是民國三十七年來臺灣讀書的，當時國民政府只是跟共產黨打內戰，萬萬沒想到第二年大陸半壁江山變色，第三年整個大陸丟掉！起初政府天天喊著反攻大陸，岳母的理論是：如果結婚，外省人都要回去，等於送掉一個女兒，以後就看不到了。

說的也是，那個年代交通不便，恐怕當年許多本省外省聯姻，就遇到這一困難點。在無計可施的情況下，麗雲想出一個好辦法，她說媽媽最聽得進去的就是四叔的話。有了這個妙方，我倆登門懇求四叔協助。四叔是最疼麗雲的，（麗雲姊妹六人，僅她留在家裡，其他五個姊妹小小就送給人家了，岳父是佃農，這種境況是那個時代農村經濟凋敝，家庭食指浩繁的艱苦年代，佃農養不起兒女的緣故，所幸姊妹們都有很好的歸宿，值得慶幸！）對我們的請求他慨然答應。

這是我第一次見到四叔府上各位，那時文卿、昭容、文同弟妹都還小，文昌弟好像只有兩三歲，而文同弟眼睛大大的印象深刻。過不了多久，果然傳來好消息，首先是我未來的岳母要見見我。那天我相當緊張，害怕搞不好這門親事砸在自己手上。她端坐在小客廳椅子上，看起來相當嚴肅，而且臉上沒有什麼笑容，那時我的臺語，說聽都有問題，許多話語需要麗雲翻譯。民國四十五年夏天我們訂婚，那時社會流行訂婚、結婚刊登中央日報「啟事廣告」，據說它具有法律效力，當天我也刊登這麼一則廣告，給自己吃一顆定心丸，就是害怕事情有變卦。

四十五年冬四嬸不幸病逝，孩子還那麼小，我相信是我的岳父母（我岳父是他們四兄弟的大哥，我岳母十九歲嫁給岳父，那時四叔才兩歲，可以說從小看四叔長大，因此他們叔嫂之間感情深厚。）兄弟及四叔的岳父母，覺得需要趕快結婚才能救這個家。我和麗雲結婚是在民國四十六年二月十二日（農曆元月十三），而四叔四嬸的佳期也是那一天。我是在臺北地方法院公證處辦理公證結婚，因為是同一天結婚的緣故，我結婚證書上的介紹人，不是四叔，此事常常成為以後家族（指我岳父的兄弟姊妹）聚會提到的話題。

到了民國五十幾年間，四叔有好幾次因公到華興中學（華興育幼院）來勘察從士林嶺頭臺北市政府自來水過濾集水池，（高玉樹市長從民國四十四年華興成立至九十二年蔣夫人去世，將近一甲子一直擔任華興院校的董事，是華興董事會資格最老的董事，我擔任校長期間，蔣夫人長期在美國，得到高董事指導協助很多很多。）接管線到華興的事，華興與過濾集水池高低落差有幾十公尺，在集水池設有華興抽水機房，雇有技工二十四小時留守那裡。我在華興起初是小學部主任，後來我大學畢業調到中學負責的都是教務訓導工作，而邀請臺北自來水事業處派總工程師來校勘察的，應該是總務部門，所以四叔來學校，事前我根本不知道，他公畢要走，我才看見他，已是上車要走的時候。

早年山腳陳家家族聚會，常常是我岳父母七十、八十歲做壽的時候，或是第二代結婚喜慶的時候，大家才有機會見面。後來四叔舉家赴美，見面機會越來越少，還好的是兩三年會回來一次，內弟義章或淑秀內侄女一定通知我們，大家見面閒話家常，看起來他精神談話如故，可見他保養是多麼的好。他九十歲那年，麗雲平日喜愛畫畫國畫，是塗鴉性質，旨在自娛，因為是自己叔叔，且壽登九秩是多麼值得高興的事？於是畫了一張有九個壽桃的畫作，請人帶往美國代為呈獻，聊表祝賀心意。

幾年前有一次，他與四嬸回來，雙雙住在仁愛醫院檢查身體，我夫婦前往探望，他還有說有笑，大概是前年四叔四嬸回來，北投家族援例請他們與大家聚聚，此次聚會是由銘毅內侄主辦，聚會地點在北投老家旁邊的貴子坑一家餐廳，賓主盡歡，不意那竟是我們最後一次見面。如今四叔走矣！我們懷念他，特別是我和麗雲感謝他的玉成，讓我們享有幸福與快樂。

四叔，我們永遠記得您，懷念您，感謝您！並祝願您在天上幸福快樂！永遠！永遠！

第五篇

慎終追遠

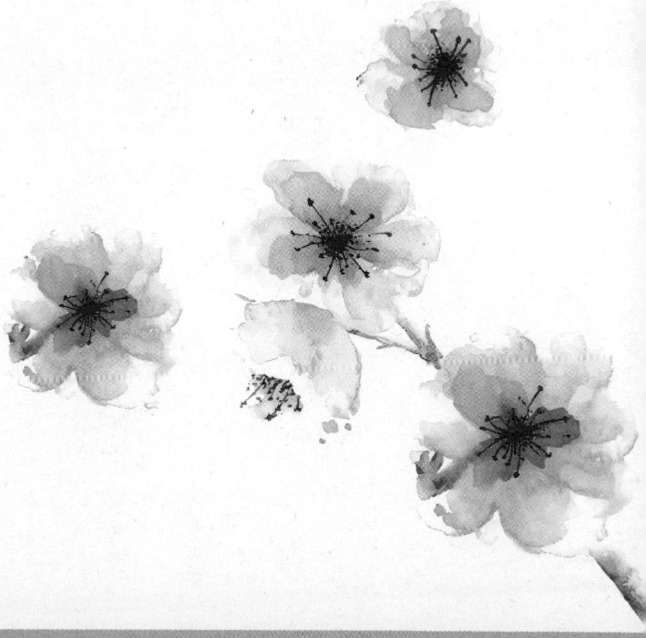

01

第一章

祭祖文

維二〇一八年四月五日歲次戊戌陰曆二月二十日不孝孫建業率孫媳陳麗雲、曾孫士凱、曾孫媳邱澤莉、玄孫女子彤、子晴、曾孫女士琦、曾孫女婿陳善新、曾孫女繻儷等　謹以　清酒　庶饈　致祭於

祖父母、繼祖母、伯父(兼祧父)、父母親，諸位大人之靈前曰：

父母生我、育我，祖父養我成人、教我、培育我，平時教我讀書認字、寫字、指點文字遣詞用字、打算盤、教我認藥、看藥方、秤藥、教我為人處事。我十幾歲，還是懵懵懂懂，常常心不在焉，不專心，書既讀不好，事也做不好，糊里糊塗。我成績不好，考不上學校，祖父愛我、不放棄我，在家庭經濟能力非常薄弱困難時，大環境形勢十分惡劣下。

祖父啊！你強忍著滿懷的憂傷與悲痛，你的一生喪子、折孫！惡勢力強佔山林

砍閥林木，土匪綁票，來自四方八面的打擊，你堅強不屈，你多次在我面前歎息「氣數！」「氣數！」卻不向命運低頭，你挺胸闊步，你拿出僅有的那一點點維持家計的錢，毅然送孫子讀初中，我初中畢業，你送我去平陽，我才有機會踏出嚴山，走向另一個天地。

祖父啊！你苦心栽培兒孫，你寄望兒孫能夠出人頭地，你付出多而收成少，你是一位只問耕耘，不問收穫的偉大長者，這樣一來，你一生實在太辛苦了，代價太大了。

祖父啊！你的偉大德澤恩深，滋潤在孫兒身上，天高地厚！孫能鮮德薄無以為報於萬一，慚愧！慚愧！

母親啊！我已經很大了，還吸你的奶，直到種牛痘才戒掉，已經很大了，還在你身邊跟進跟出，躺在你懷裡撒嬌，你不厭煩我，讓我享受偉大的母愛，我常常為了引起你注意，故意躲在柴房稻草堆裡或是衣櫥裡，讓你著急，四處尋找，建業糊塗不懂事，如此荒唐不孝！父親才死不久，我常常不肯上學，你邊哭泣，邊牽著我，親自送我上學校，逢年過節，我纏著你，要吃這要吃那，我每次出門你總是叮嚀：「你還沒有出痲疹，要記住！」母親啊！句句愛的叮嚀，點點滴滴的往事，我牢牢記在心頭。你與父親結縭，聚少離多，你默默忍受幾十年的孤單寂寞與痛苦的煎熬，努力做一個好媳婦、好母親，讓祖父母得到照顧，讓我兄弟甚至經綸，充分享受你的愛，你散發著中國傳統婦女三從四德的賢慧德性光輝，使我兄弟雖然沒有父親，幸而有慈母的孩子，充分享受到家庭的溫暖及母親和煦的慈愛。母親啊！你好偉大，我感激你。

民國三十七年清明前，我從溫州送哥哥遺骸回家，短暫的相聚，沒有想到這次拜別竟成永訣，世事多磨，祖父啊！母親啊！不孝孫、兒遠走臺灣，未幾兩岸隔絕，音問全無，大人們歷盡喪子折孫，喪夫喪子，人間最悲慘的哀傷痛苦，建業又遠走他方，留下一家非老即幼，家計如何生活？還讓你們為我的安危記掛而擔心受怕，原本還有一點點的希望，也完全落空。

祖父啊！母親啊！建業不孝無以復加，罪惡深重。古人說：「大孝尊親，其次弗辱，其下能養。」建業既沒有為你們分憂分勞，侍奉在你們身邊，連最起碼的奉養也沒做到，烏鴉尚知反哺，而我什麼也沒有做到，甚至你們最後離開人世，我也不在你們身邊！對不起你們。沒有祖父的培養，那有今天的建業？

祖父啊！母親啊！我敬愛你們，懷念你們，更深深感激你們。我自離開學校，逐漸有點能力以後，我常想如果有一天，可以回家，我要帶幾匹布回來，做幾套衣服給你們穿，但這個願望一等等了十幾年，等接到經綸的信，晴天霹靂知道你們前一年已不在人間了，這個埋藏在心裡小小的願望無法完成。還有最最使我難過的是祖父母，母親家貧如洗，生活艱困，最後竟因糧食困難活活餓死，大人啊！做子孫的我，心在滴血，幾十年來每念及此，愧對大人生我育我養我教我大恩大德，我無地自容，心豈能安？而對大人來說，對我是白生、白養、白教、白培植。往者已矣！我的不孝與罪過，無法彌補！

祖父啊！母親啊！你們的恩德，建業沒有辦法報答，我惟一做到的是幾十年來誠誠懇懇做人，實實在在處事，我沒有敗壞祖先聲名，另一方面我只是好好培養兒女，並協助經綸下一代，遷往靈溪居住，希望他們的後代，能有較好的發展空間與較多造就的機會。現在我們國家發展非常快，很快將成為世界上最富強的國家，同時重視發揚固有文化。

祖父啊！父親啊！母親啊！我在我們林家家祠等文獻上，如《思源感恩紀念碑——整修仕陽西河林氏宗祠記》，《嚴山小學教學樓落成紀念碑》，《嚴山村志》，《泰順林姓源流》、《家譜》等，承宗親、仕陽鎮人民政府、及文獻編輯先生的重視，將祖父培育兒孫的苦心與功德，剛毅不屈的精神典範，父親青年立志改造社會的懷抱，母親含辛茹苦，恪守為人婦、為人妻、為人母，應盡的職責的美德坤儀，都一一列入文獻中，讓你們的清望懿德，所涵蘊的芬芳光輝，留下點滴記錄。

母親啊！你一生沒有享受一天快樂的日子，你與嫂嫂的閫範如果是滿清時代，應該接受皇帝頒贈「貞節牌坊」表彰才對呀，不過你們的聲名自政府改革開放以來，已經受到鄉人里鄰重視和稱讚，親朋好友對祖父、母親、嫂嫂是一致肯定和稱許，俗話「人死留名」，做子孫的因為你們而感到驕傲，建業得到 你們生前的愛與培植，也得到你們死後的餘蔭，你們一生就像蠟燭一樣，燃燒自己照亮別人。

祖父啊！母親啊！因為你們的犧牲，卻造就了子孫，只是我能力薄弱，沒有辦法宏揚你們的大恩大德，感到萬分羞愧！對不起你們！請你們原諒。最後懇請大人們在天之靈，繼續保佑子孫：平安、發達、富貴、昌盛綿綿。

嗚呼！哀哉！尚饗！

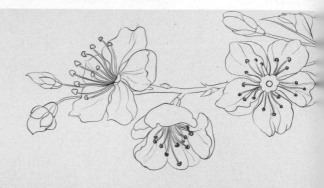

02

第二章

祭胞兄

維二〇一八年四月五日歲次戊戌二月二十日胞弟建業率弟媳陳麗雲、侄士凱、侄媳邱澤莉、侄孫女子彤、子晴、侄女士琦、侄女婿陳善新、侄女繻儷等謹以 清酒 庶饈 致祭於

胞兄奇選暨嫂嫂愛于之靈前曰：

哥哥，你不幸被日寇濫炸捐軀已七十五年了，過去我曾幾次來到你的墓前行禮致哀，不久之前地方人士董曉華先生發起及堂弟奇品附議，並大力支持主辦此事，為你及鄉賢董仲儒先生抗日犧牲事蹟立碑紀念，這座碑將於明(六)日吉時揭幕，我與麗雲特地帶著兒女（婿）媳婦孫女等專程回來參加揭幕儀式。你為國犧牲，將永遠隨著石碑留在國人記憶裡，你的死是有價值的、有意義的。嫂嫂美德坤儀，家譜裡都有專篇記錄；哥哥你為國家犧牲，家譜裡、泰順林姓源流，都有詳細

紀錄，留下光輝的一頁，這本書的流傳面遠比家譜廣，我相信無數宗親看了你們事蹟以後，一定是肅然起敬的。

嫂嫂，當年你帶著兩個襁褓的稚子，歷盡人間悲苦，扶養經綸成人，你堅強勇敢，一如我們的母親：堅貞克己，善盡為人婦、為人妻、為人母，應盡的職責，你們兩位都是可敬可佩，了不起偉大的女性，林家幸而有你們，使一家三代，雖然困苦連連，而骨肉相隨，直到祖父母、母親去世，你與經綸都在他們身邊，這讓我雖然慚愧，而稍稍安慰。

自一九八八年，政府開放探親，我有機會回來看到闊別四十年的你，我是如何高興歡喜，看到你行動敏捷，勤勞如故，幫忙家務，忙進忙出，一刻不停，說話聲音宏亮，關愛全家大小，噓寒問暖，一家人在你愛的關懷下，多麼溫馨快樂，只是你的飯量太少，後來我每次從臺灣或加拿大打電話回來，你總是渴望的說：「叔，你回來過年！」我知道你多麼希望我回來跟你聊聊，我曾答應你要回來，祇因路途太遠，我食言了，很對不起你，我曾告訴你：嫂嫂你九十歲，我要帶五個兒女回來，給你祝壽。二〇〇一年三月底，那天清晨，在微弱燈光下，你送我們上車，你說：「叔叔，你們還要回來哦！」我萬萬沒有想到，那次的道別，竟然是最後一面。

嫂嫂啊！你為我們林家歷盡千辛萬苦，我們林家虧欠你太多，謝謝你對我們林家所做的貢獻，我相信子孫永遠記得，你是一位可敬、可佩、可愛的長者。我有這麼一位嫂嫂，我覺得驕傲！欣慰！二〇〇五年你不幸突然去世，我跟麗雲都非常難過，因在溫哥華路途太遠，我們無法趕回來，送你最後一程，覺得很對不起，不過榮泉表兄說：「出殯那天，送殯隊伍漫長，花圈、花籃擺滿墳地，極盡哀榮。」可見村裡左鄰右舍，大家對你是多麼尊敬和不捨。

請二位安息，在天國好好享受、恩恩愛愛，我們祝福你們，也請你們保佑子孫後代榮華昌盛，富貴綿綿。

嗚呼！哀哉！尚饗！

03

第三章

念胞兄

此文為兄嫂墓碑文

先兄奇選為我林家五代同堂長孫，幼時備受寵愛，童年隨先父啟源公旅居南京，就讀鼓樓小學，民國二十二年先父供職鐵道部滬杭甬鐵路職工子弟學校校長，時先兄與建業就讀寧波四中附小，越二年先父積勞成疾，竟一病不起，孤兒寡母幸賴祖父學舜公教養成人。

先兄抗戰期間畢業於福安穆陽師範，民國三十三年春不幸被難於青田縣府日寇之轟炸，時年僅二十四歲。

家嫂愛于為雅洋季福家姑丈掌珠，及歸先兄鶼鰈情深，鄉里稱羨，無奈我家門庭祚薄，結婚僅二載，而遭喪孫喪子喪夫之痛，自此家嫂忍痛銜哀上事祖父、祖母、母親，下育經綸二侄，艱難困苦，無以言喻。

我國自來以慈孝為社會家庭倫理骨幹，我家歷遭變故至此，祖父、母親、嫂嫂強忍哀痛，以慈育後，以孝事上，建業旅居海外數十年，每念及此，無不潸然長歎！謹以至誠，略述如上，深望子孫牢牢記住先人德澤而光大綿長。

胞弟　建業　拜撰

西元一九九七年九月四日立

註：青田縣檔案局（館）資料：青田縣政府將先兄列在：
民國三十三年六月二十九日敵機轟炸請恤卷（民國三十三年七月）
青田縣抗敵陣亡將士姓名冊（民國三十五年六月）

按先兄當年殉難，對我家所造成之嚴重破壞，自不在話下，兩岸開放建業曾向縣有關單位查詢，不得要領。

二〇〇七年秋建業攜家人返鄉探親，承董斌學兄、林泉宗侄、堂弟奇品重提此事。奇品弟且不畏艱難獨自於二〇〇八年前往青田一查究竟，皇天不負苦心人，青田縣檔案局果然保留當年資料，載明：

《民國三十三年六月二十九日敵機轟炸請恤卷（民國三十三年七月）

青田縣抗敵陣亡將士姓名冊（民國三十五年六月）》在卷。

今復承曉華世侄繼承董斌學兄遺志，倡議立碑紀念，建業謹代表家族誠摯的感謝上述

諸位先生暨青田縣政府及檔案局。使先兄及董仲儒先烈事蹟得以彰顯，永垂久遠。

04

第四章

林氏宗祠

思源感恩紀念碑——整修西河郡仕陽林氏宗祠記

建業家門祚薄，皇天不憫，八歲先父見背，十八歲先兄被難，祖父林公學舜十年間連遭喪子喪孫之痛，母親高氏孺人三十四歲喪夫，四十四歲喪子，嫂嫂愛于二十四歲喪偶，經綸二侄出世甫六月而失怙，一門孤寡老弱，人間豈有更甚於此之悲痛悽慘乎？

其時正是國難當前抗戰期間，祖父已年逾花甲，強忍哀痛，堅毅挺立，在惡劣困苦環境中，是何許力量、念頭，促使不畏艱難仍著建業負笈繼續讀書，此種毅力與培植兒孫精神，誠非一般人所能及！

一九四八年夏，建業已屆弱冠，而心思迷惘，猶不知天高地厚，不念家庭艱困，僅憑一己之見，未徵得尊長之允諾，遠渡重洋，入臺北師範學校，不意世事多磨，未幾兩岸隔絕，不通音問長達四十載。

初夜闌人靜，思親懷恩之情，猶洪水波濤湧上心來，念念老弱婦幼何以為生，無奈迫於形勢，報親無門。日復一日，年復一年，思親懷祖並不因時光之推移而稍減，自問為人子孫生既不能奉養，死又不能親視含殮，不孝之罪，歉愧難安，復維祖父之愛，教我養我，母親生我、育我，而坎坷終生，嫂嫂捨一生青春於我林家，三人憂患悲苦，無怨無悔，但問付出不問收穫，事事無不為兒孫，始有今日兒孫之幸福，建業滿沾德澤愧無以報，而抱憾終生。

三年前啟熙叔長英弟魚雁間道及祖祠年久失修，以致祖宗無棲魄之所，子孫無合祀之堂，亟待整修。年來建業兩度返鄉探親，承諸族長陪同參拜祖祠，見殘瓦斷垣破爛不堪，而建業一介書生，力薄能鮮，無力重建，經啟熙叔等建議整修所費不多，乃勉力承擔，今承族長學希公、學慶公、啟綬、啟熙、啟侶、啟香諸叔，長英、長明、奇忠、奇亮諸弟及舍侄士經、士綸等所組成之籌建小組，並蒙長英弟為首主其事，由於諸位之熱心參與，任勞任怨，使工程如期完工，建業身在海外，不克分勞，不僅赧然，更是衷心感激。敬祈列祖列宗庇佑子孫人丁興旺，年年豐收，敦親睦族，代有賢能，以光祖德，綿延萬世。是為記。

裔孫

建業率子士凱 拜撰

宗晚 林爾臣 敬書

整修委員會 敬立

西元一九九八年五月

05

第五章 百年樹人

嚴山小學新教學樓落成紀念碑

嚴山歷來文風頗盛，代有文人，考其原因是村民重視教育文化的緣故。嚴山小學於一九一九年創辦，是我縣歷史悠久的小學之一。

臺灣教育界前輩林建業先生，泉亭村人，少年就學於嚴山小學，一九四八年赴臺求學，獲碩士學位。畢生從事教育，行敦教崇，聲譽籍籍，曾任臺北市私立華興高級中學校長。

林先生祖父林學舜在家庭歷遭變故，生計困迫相隨之時，仍念念不忘培育兒孫。這種克服困難，慈愛為懷的胸襟，正是嚴山村民重視教育的代表，值得稱頌。

林先生身居臺灣，心繫桑梓。為了感念其祖父含辛茹苦，竭力盡勞，蒙受矜育，至於成立，並弘揚先祖父重視教育之精神。平時節衣縮食，為興建教學樓慷慨解囊捐助人民幣壹拾萬元。同時浙江省蕭山市鄉鎮工業管理局，情繫山區、奉獻愛心，捐助人民幣壹拾萬元。嚴山村民籌集人民幣伍萬元。作為教學樓配套資金，共襄盛舉。

教學樓落成，嚴山小學面貌煥然一新，教學環境得到了改善，實現了嚴山村民夢寐以求的百年夙願。為此，鎮人民政府期望全體師生，嚴謹治學，興國振邦；鍥而不捨，不倦求索。

感謝林建業先生、蕭山市鄉鎮工業管理局、縣有關部門和社會各界人士，捐助興建嚴山小學教學樓。恩澤後代，特刻石記事，以資紀念，以垂永久。

仕陽鎮人民政府　一九九八年十月二十八日

註：本碑文為仕陽鎮人民政府所撰，我之所以將之列在本集裡旨在感謝祖父對我之教養培植。

編後語

Postscript

《蕪詞集》全部文字除最後一篇〈嚴山小學教學樓落成紀念碑〉是仕陽鎮人民政府所撰外，餘皆拙筆，醜媳婦總要見公婆，承陳亓兩位同學幫忙，特別是念萱把它當做是自己的事，感謝！感謝！同時也謝謝家人從旁協助。

1997.3.蔣夫人99歲華誕，建業率慶賀團到紐約呈獻壽禮

國家圖書館出版品預行編目資料

燕詞集：感謝蔣宋美齡夫人的華興歲月 /
林建業著. -- 初版. -- 臺北市：甯文創,
民 107.05
224面；14.8 × 21公分
ISBN 978-986-87548-9-8（平裝）

855　　107004699

梵行路書系 17

燕詞集——感謝蔣宋美齡夫人的華興歲月
Grateful beings

出版人 | 陳念萱
作　者 | 林建業
主　編 | 陳秋玲
美編 | vision視覺藝術工作室
法律顧問 | 羅明通律師
出版者 | 甯文創事業有限公司 Email: ningfeifei9813@gmail.com

發行統籌 | 華品文創出版股份有限公司　地址：100台北市中正區重慶南路一段57號13樓之1
讀者服務專線：+886-2-2331-7103　傳真：+886-2-2331-6735
Emai：service.ccpc@msa.hinet.net　部落格：http://blog.udn.com/CCPC

總經銷 | 大和書報圖書股份有限公司　地址：242新北市新莊區五工五路2號
電話：(02) 8990-2588　傳真：(02) 2299-7900

製版與印刷 | 卡樂彩色製版印刷有限公司

2018年（民107）5月1日初版一刷
定價 | NT$260

ISBN 978-986-87548-9-8
Printed in Taiwan

Gratefulbeings

Ning Publication